中公文庫

日本の文学

ドナルド・キーン
吉田健一訳

中央公論新社

目次

日本の文学

メリー・G・ディキンズに

緒　言

この本を書いた時、私の目的は欧米の読者、というのは、欧米の文学上の傑作を楽しむのに馴れたものに、私が日本の文学で驚嘆し、また、美しいと思った作品を紹介することにあった。本の枚数が限られていたので、私は日本の文学の長い、複雑な歴史のきわめて大ざっぱな輪郭を描くに止めるか、その作品の幾つかを選んでこれをもう少し詳細に亘って検討するか、その何れかに決める他なかった。私は限定された作品について語る方を取って、それはしかし日本、及び欧米の批評家たちが最も高く評価している傑作の一部には触れないことになることを意味し、そのために例えば私は日本の詞華集《しかしゅう》の中で疑いもなく首位を占めている『万葉集《まんようしゅう》』について書くことを諦めなければならなくなり、それはこの詩集について書き出せば、連歌と俳句を論じる余地がなくなることは明らかで、私はその連歌と俳句をどうしても取り上げたかったからだった。他の理由から、私は『枕草子《まくらのそうし》』『徒然草《つれづれぐさ》』『方丈記』などの傑作も無視しなければならなかった。それ故に、この本は日本の文学について組織的に論究したその概観でもなければ、その代表作を網羅した参考書でもなくて、私が欧米の読者にとって特に興味があるのではないかと考えた日本の文学の或る幾つかの面についての、きわめて個人的な評価を試みたものなのである。

私はこの本がいつかは日本語に訳されるということを思っても見なかった。その目的は欧米の読者の大部分にとって未知の文学を彼等に紹介することにあったのだから、その文学を子供の時から知っている日本の読者にこういう本を提供するのは筋違いかも知れない。しかし日本の友達が私に語ったことによれば、前にも外国人が日本の美術とか、劇とかについて発表した意見が（何かの形での）刺戟になり、日本の文明の伝統について新たな検討が行われるきっかけを作ったことが何度かあるということで、もしこの本の訳がそういう役割を果すことになれば、私としては何も言うことはない。

この本を私は一九五二年に書いた。その後、私は日本文学についてさらに多くのことを知って、この本で強調されていることの中には、今の私が考えていることとは少し違っているものもある。しかし私は今度、訳が出るのに当って、この本の内容にほとんど手を入れなかった。私にとってこの本は思い出が多いもので、これを私はまだ実際に日本というものを知らず、またその頃私が教職にあった英国から京都その他、私が文学を通して知った日本の各地に行けるだけの金を手に入れることはまずなさそうだった時代に書いた。その当時は日本から本を取り寄せるのが容易なことではなかった。そして私は、自分が関心を持っている国からあまりにも遠い所にいて、その上に、私の日本の文学についての講義に誰も何の反応も示さないので落胆していた。私は日本の文学の研究を全然止めてしまって、何かもう少し大学で人並に通用する仕事に転じようかとさえ思い、それでそういう私と、私の講義を聞きに来るものに私がやっている仕事が価値あるものであることを証明するためにこの本を書いた。もし私が今こういう本を書くならば、その後、さらに十年間、勉強を続けただけの違いをそれは示しはするかも知れないが、私がこの本で最初に日本の文学に傾けた情熱を再現することは難しいのではないかと考える。

附記

この本が筑摩書房のグリーンベルト・シリーズに入ってからまた八年間が経ち、その間、日本の文学はめざましい成果をあげ、この本を書いた当時と違って西洋でも翻訳を通じて日本文学の偉大さをより正しく鑑賞できるようになった。特に一九六八年に川端康成氏がノーベル文学賞を受賞されたことで日本現代文学が高く評価されてきて、私をはじめ外国人の日本文学者は大いに喜んでいる次第である。もしも現在この本を新しく書こうと思ったら、きっと違う表現はたくさんあるだろうが、一九六三年の緒言に書いた通り、この本の原型は私にとって特別な意義のあるもので、もう一度もとの形で発表させていただきたい。（一九七一年十一月）

中公文庫版附記

この本が文庫版になると聞いて感慨に堪えない。この本のすばらしい翻訳者吉田さんも、あまりにも親切な解説者三島さんも既にこの世にはない。御冥福を祈るのみだ。

（一九七九年十一月）

I 序章

日本の文学はその美と豊富が直《す》ぐにも感じられる魅力になっているにも拘《かか》らず、まだ欧米では充分に知られていると言えない。これは簡単に説明出来ることで、日本語の複雑な性格がごく少数の外国人にしか日本文学を原文で読むことを許さず、日本語からの訳の多くはいかにも平板《へいばん》な労作で、これがどんなに好奇心が強い読者の熱も冷まさせる場合が少くない。また、優れた訳、殊にアーサー・ウエーリによるものは既にその愛読者がかなりいても、大部分の欧米の読者は、日本人が他人の真似をするのが上手な人種だと聞いて、その文学も中国の文学の余光に過ぎないだろうと考えたりするために、日本の文学に興味を持とうとしないのである。

日本がどれだけのものを中国に負っているかということはきわめて重要な問題であって、日本の文学のことに移る前に、まずこのことに触れておく必要がある。日本の文明の発達に際して中国が非常に大きな役割を果していることは否定出来ない。日本で今日まで行われて来た字も、哲学も、その宗教の重要な部分をなしているものも、また、日本の文学に見られる形式の一部ももとは中国から伝わったもので、日本人はこのより古い文明を常に尊敬し、時にはそれをそのまま模倣することさえ敢てしたことがあった。しかし日本の中国に対する関係がそういうものであるならば、ギリシャ、ローマの古典の世界に対するフランス、或《あるい》は英国の関係についてもそれと同じことが言えるので、それでも我々はシェイクスピアの『アントニーとクレオパトラ』、或はラシーヌの『フェードル』が、「単なる」模倣だとは考えない。日本の文学で明らかに中国から得た材料の翻案であるものについても、そのようなことを考えるのは当っていないのである。幾つかのきわめて短い期間に亘《わた》って無暗《むやみ》と模倣が行われたのを除けば、日本が中国から取り入れたすべてのものは、中国人と本質的に違う日本人の気質によって相当な程度に修正された。我々は中国の文明の強力な影響に対する日本人のこういう抵抗を、その影響が朝鮮ではほとんど無条件に受け入れられたことと比較して見てもいい。日本人は何か中国の思想、例えば儒教というものを一心に取り入れようとしている時でも、それを多少とも変えずにはいられなかったので、こうして日本の儒学者の一部は同時に、日本伝来の神々の敬虔な崇拝者でもあり、この二つの教義を一致させるために努力している。山崎闇斎《やまざきあんさい》は、もし孔子と孟子が率いる軍隊が日本に侵入して来たら、どうするかと聞かれて、なるべくこの二人の聖賢を生け捕りにするつもりだと答えた。

しかし日本で行われたことは、単に中国の文明の巧妙な修正というようなことに止まるものではなかった。文学の面では、日本の詩は中国のと大概の点で違っていて、日本人は中国人より何世紀も前に小説の見事な大作を書いていたのであり、中国のよりも遥かに優れている日本の劇は世界で最高のものに位《くらい》する。

中国と日本の文学がそれほど違っているのは当然であって、それは中国語と日本語が全く異質の国語だからである。中国語は単音で出来ている国語で、同じ音を区別するために四声《しせい》が用いられ、少くともその古典的な形では、非常に簡潔な表現の仕方をするものである。これに対して、日本語は多音節の国語であり、四声の区別がなくて、イタリー語を知らないものには少くとも、イタリー語のように聞える。また、古典的な中国語が簡潔な表現をするのと違って、日本語の文章はいつ終るのか解らなくて、――時には実際に終らないこともあり、二十度目か、四十度目に文章の調子に微妙な変化があった後に、それを書いていたものが仕事に区切りを付けるのを諦めたのか、未完のままになっている。また、中国の詩は大概の場合、押韻《おういん》し、四声の複雑な組合せに基いて作られているが、日本の詩では普通、押韻が行われなくて、音節の数を数えること以外に韻律上の規則というものがない。八世紀の初期に書かれた、我々が知っている最古の日本の詩は各行の長さが決っていない。しかし日本の詩人はそれから直ぐに五音節と七音節の行が交代する形式を好むようになり、それがやがて日本語の基本的な韻律をなすに至って、これが詩のみならず、文学作品のすべての形式に共通の韻律になった。

日本語の音の種類が限られている結果、同じ音で意味が違う言葉が多くなるのは避けられないことで、それで無数の言葉がそのうちにそれとは全く関係がない他の言葉、或はそういう他の言葉の一部を含んでいる。例えば、「白浪《しらなみ》」という言葉は日本人にさらに「知らぬ」とか、「涙」とかいう言葉を連想させ、こうしてその三つの意味が一つになって、そのような影像の結合が一つの詩をなし、というのは例えば、舟が白浪を蹴ってどこか未知の目的地に向って出て行き、恋人が乗っているその舟が水に残して行く跡を見ているうちに女が泣き崩れる、という風な情景が詩人の胸に浮ぶことは、容易に理解出来る。こういう形で言葉が幾らでも他の言葉と結び付くことから掛《かけ》詞《ことば》が発達したので、これは日本の詩歌《しいか》に特有のものである。掛詞の役目はその意味の取り方がただ一つに限られていないことで、二つの違った影像を結ぶことにあり、それは例えばこういう風に用いられる。

もとよりわれは白雲《しらくも》のかかる迷ひのありけるとは、……

この『通小町《かよいこまち》』の謡曲に出て来る句では、「白雲」が掛詞で、これに「われは知らず」と「白雲のかかる」の両方の意味が掛り、「かかる」がさらに「白雲のかかる」と「かかる〔このような〕迷ひ」の掛詞なのである。

こうして言葉が表現することの範囲を拡げる方法は、多くの影像を一つのものに圧縮するという日本語の独特な性格に属するものである。英語では、その目的で言葉に二重、三重の意味を与えることはあまり行われないが、ジョイスがこの方法を極限まで押し進めて、Meandertalltale というような言葉を作り出す前にも（この言葉は、meander くどくどと、及び talltale 大袈裟な話が、ネアンデルタール人の Neanderthal

に掛けてある）、その例がない訳ではない。『マクベス』のきわめて悲劇的な場面に、次の数行が出て来る。

Your Castle is surpriz'd; your Wife and Babes
Savagely slaughter'd: To relate the manner
Were on the Quarry of these murther'd Deere
To adde the death of you.

あなたの城が奇襲され、奥様もお子様も
賊の手にお掛りになりました。その次第を詳しくお話しすれば、
あなたの愛するものが仕留められた上に、
さらにあなたの死を加えることになります。（第四幕第三場二三九—二四二行）

シェイクスピアはここで勿論、deer（鹿）という言葉を dear（愛するもの）に掛けることで観衆を笑わせるつもりなのではなくて、むしろ言葉をこうして二重の意味に

使っていることが、ちょうど、日本の劇でと同様に、台詞《せりふ》の内容を一層、複雑なものにする役割を果している。日本語に、似た音の言葉が多いことは、この方法を他の国語では見られないくらい、広い範囲に亘って用いることが出来るということでもある。それが他の国語でと同様に、滑稽《こっけい》な効果を狙ってのことである場合もない訳ではないが、悲劇的な印象をさらに深くするための掛詞も発達して、時には、詩人が一篇の詩の終りまで全く違った二組の影像を並行させて、少しも破綻《はたん》を来《きた》さずにいることもある。例えば、

消えわびぬうつろふ人の秋の色に身をこがらしの森の下露　定家《ていか》

という歌はそのように二通りに解釈することが出来て、その一つは、自分は死にたくて、心変りしやすい相手にもう飽きられたのが辛くて自分は森に降りた露も同様に弱っている、というのであり、この歌の音を別な意味に取れば、風が吹き荒《すさ》ぶ森の露は秋の色が変るのとともに消えてゆく、ということになる。そしてこの何《いず》れの解釈も完全なものではなくて、それは詩人の精神のうちで言葉は絶えずこういう二組の影像

の間を往復し、そのために、秋風に吹かれてたちまち消えてしまいそうな露は、恋人に捨てられて、自分が何故まだ生きているのか解らない女と一つになっているからである。露は単に女の状態を語るのに(また、女が流す涙を暗示するのに)比喩的に用いられているのではなくて、それは自然現象としての露でもあり、詩人はこの歌でその両方に表現を与え、いわば、何れもそれだけで完全でありながら、互いに離れられるものではなくなっている二つの同心円を、言葉の上で描くことに成功している。

このような効果は当然、日本語の性質がこういう掛詞の用い方を許すからこそ得られるのである。しかし日本の作者は常に言葉の余韻というものに対して敏感だったので、彼らの国語に認められる可能性をここまで開拓したことは、決して単に二重の意味に取れる言葉が多いという偶然の事情によるものではなかった。地名と、それが持つ意味も日本人にとっては非常に魅力があるもので、初期の日本の文学では、地名の民俗上の語源が主な内容になっている作品の一群がある。大概の劇作品には旅行の場面があって、それが一組の恋人が死出の旅路を急ぐのであっても、或は誰かが恋しい相手の誰かに会いに行く途中であっても、そうして通って行く場所の名が旅人の感情を表すのに必ず用いられている。前に挙げた、二通りの非常に違った解釈が出来る露の歌についてもう一つ挙げておかなければならないことは、秋風と、誰かを待ち焦《こが》れるという二つの意味がある「こがらし」という言葉が、或る有名な森の名前でもあるということであって、この歌は、詩人がこの地名が持つ色々な意味から相ついで生じる影像を追って作られたということさえ考えられる。

しかしこの歌の例から、日本の詩がすべてこういう風に複雑をきわめた表現をしていると思ってはならない。もっと素朴に歌い上げたものも少くなくて、何人かの詩人が不自然に手を掛けた作風の流行に反対し、ただ誠実であればいいことを強調している。しかし素朴な表現というのは、どうも日本語の特色をなすものではないようで、日本語ぐらい、意味がはっきりしなくて暗示に富む国語は、世界にあまり類例がない。日本語の文章は最後に「だろうか」とか、「かもしれない」とかいうことを表す短い語尾が来て、全体が疑問の形を取ることになり、摑《つか》まえどころがない煙になって消えてゆくのが少しも珍しいことではない。

日本語のこういう性格は時に、そして殊に能楽《のうがく》では、絃楽の三重奏か四重奏を聞いているような効果を生じることになり、その全体を一つの旋律が貫いていることは解るが、それと同時に、これが各楽器の別々な旋律が一つになったものであることもはっきり感じられる。しかし日本の批評家たちは一般に、言葉が違った意味に取れることから得られるこういう効果よりも、むしろ暗示することを初めから狙うことの効用に関心を示して来た。日本の文芸批評では、このことが昔から繰り返して論じられている。その中で、今日の欧米の読者にとって或は最も興味があるのは、近松《ちかまつ》が一七二〇年頃に言ったことで、彼は人形芝居の秘訣について次のように述べている。

浄《じやう》るりは憂《うれひ》が肝要也とて、多くあはれ也なんどいふ文句を書《かき》、又は語るにもぶんやぶし様《やう》のごとくに泣《なく》が如くかたる事、我作《わがさく》のいきかたにはなき事也。某《それがし》が憂はみな義理を専らとす。芸のりくぎ〔六義〕が義理につまりてあはれなれば、節《ふし》も文句もきつとしたる程いよ〳〵あはれなるもの也。この故に、あはれをあはれ也といふ時は、含蓄の意なふしてけつく〔かえって〕其情《そのじやう》うすし。あはれ也といはずして、ひとりあはれなるが肝要也。（聞書き「『難波土産《なにわみやげ》』発端」）

この一節が語られてから二百年ばかり後に、英国とアメリカの影像派（Imagist）の詞華集が出て、その編者は近松と同じ結論に達してこうその詞華集で言っている。

「詩は表現であって、註釈ではない。『私は幸福である』と言わずに、自分が幸福であるように見せなければならないのである」[1]。影像派の詩は確かに日本の文学の翻訳に非常に負う所があって、このような意見もそういう翻訳を読んだ結果かも知れないのである[2]。

とにかく、一九三〇年代の欧米の読者には耳新しく聞えたことを、日本の文学者たちはその幾世紀も前から何かの形で言い続けて来たのだった。日本の文学では、日本の絵で何もない空間が入念に描かれた山や松の木に劣らない迫力を持つものになっているのと同様に、言葉になっていないことが言葉になっていることとともに周到に考慮に入れられている。例えば、「私は幸福である」とか、「いかにも悲しいことだ」とかいう、言ってしまえばそれきりであることを言うのが本能的に避けられているようで、或る光景、或は経験の全体を描くということは稀にしか行われない。日本の詩人や画家が狙って来たことは、日本史上の或る有名な話で一番解りやすく説明出来るかも知れない。『平家物語《へいけものがたり》』に、合戦の用意に腹巻（中世の簡単な鎧《よろい》）を着けた清盛が不意に重盛の訪問を受ける所がある。清盛は腹巻など着けているのを重盛に見られたくないので、急いでその上に絹の袈裟を掛けるのであるが、腹巻の金具が薄い絹を通して光って、そういう効果を収めることが日本の詩人たちの目的だったと言える。ここで、磨き立てた金具が光を放っている腹巻を着けた清盛の勇ましい姿、或は、美しい春の日をそのまま描くことを日本の文学者たちはかつて望まなかった。彼らはそれよりもむしろ、金具が絹を通して光るのや、花が一輪咲いた所を語って、そのことから全体を読者に想像させる道を選んで来たのである。

こうして何かをその細部によって表現しようとするこの試みは、全体の印象がぼかされていて摑まえ難いのに対して、言葉が築き上げる影像はおよそ的確に現実的であるという結果を生じた。日本の詩は、蛙が水に飛び込む音や、蟬の甲高い鳴き声や、何か解らない花の匂いを中心に書くことが出来るもので、そこには、瞬間的な認識から悟りが開けることもあると教える禅の思想の影響が見られるかも知れない。古い池の静寂を破って蛙が水に飛び込む音は、悟りを開くための手段として、他のどのような手段にも劣らないものであり、また生命の動きを体現する何ものかでもあった。

一つの世界全体を一個の鮮明な影像で暗示するというこの方法は当然、短い詩形式に限られたもので、事実、日本の文学はそういう表現形式にかけて殊に優れている。日本の文学には世界で最も長い小説や劇があって、その中の或るものは文学作品としても見事であるが、細部の新鮮な描写で生き生きと暗示する能力は日本の文学に特有のものであるのに対して、一つの作品を構成する能力はこれに劣っていると言わなければならない。ごく初期の小説は、もしそれを小説と呼ぶことが出来るならば、ただ幾つかの歌をそれが作られた事情の説明で繋ぎ合せたものに過ぎない。それが一つの作品をなしているのは、単にその歌を作ったのが一人の人間、或は一人の天皇の宮廷に属する人々であることになっているからで、その中で例えば、或る歌が作られる原因になった恋愛事件は、次に出て来る歌の背景をなしている事件と結ばれていないのである。もっと後期の小説でも、詩の世界と散文の世界ははっきり区別されていなくて、これは或は日本の社会では、詩人が我々の社会でよりも遥かに大きな役割を果していたからかも知れない。一〇〇〇年頃に書かれた『源氏物語《げんじものがたり》』には歌が八百首ばかり出て来て、登場人物が話をするのが主に歌の形で行われることもあり、男は女に会った翌日、必ずその女に歌を送っている。しかしそういう歌がいかに美しくても、それが話の筋に必要だと言うことは出来ない。大概の日本の小説は歌が中心になった初期のものと同じ具合に、互いにほとんど何の関係もない幾つかの出来事に分れてしまう傾向があって、時には歴史的な事実がそれを繋ぐ一つの線になっていることがあるが、他の作品では、何故そんな話が途中で出て来るのか解らない場合が少くない。ヨーロッパの文学の影響を非常に受けている今日の日本の小説でさえも、不思議に抒《じょ》情《じょう》的な部分が小説の他の部分の上に雲のように漂っているという感じがするのがあり、例えば戦後の日本で発表された最も重要な小説の一つである谷崎潤一郎《たにざきじゅんいちろう》の『細雪《ささめゆき》』には、登場人物の中でも主な何人かが夏の晩に蛍《ほたる》狩りに行く場面がある。彼らは、長い袖の着物を着た宮廷の優雅な女たちが絹の網で蛍を追う所が古い小説や歌にあるのを思い出し、眼の前にあるものは泥水を湛《たた》えたどぶでしかないので失望する。しかしそのうちに、蛍がその辺一帯に火を撒《ま》き始めると、彼らは昔の歌にある通りのその美しさに打たれて、そこの描写は『源氏物語』の或る部分に匹敵するものになっている。

この場面が『細雪』の筋を大して進めもせず、また、登場人物を理解する上でもあまり役に立たなくても、これはそれ自体が美しいのであり、ちょうど、『源氏物語』の歌が『細雪』が書かれる九百五十年前の日本人の生活を再現するように、漠然とではあるが切実に、一九三九年頃の日本人の生活というものの印象を我々に与える。日本の小説に出て来るこういう部分は、その作者に構成する能力が不足していることを示すかも知れなくても、そういう部分そのものが際立って美しいので、この種類の不統一が作品全体を楽しむ上で少しも邪魔にならない場合が少くない。そして小説を読んだ後では、幾つかの多彩な部分がどういう風にか溶け合って一つになっているものとして、その小説が記憶に残る。ちょうど、ヨーロッパの印象派の画家たちが、外見上は緑、黄、藍その他の色を勝手になすり付けたものでしかない風景画で現実を確かに描き得ているのと同様に、日本の小説の、互いに関係がないと思われる場面も読んでいるうちに一つになり、その幾つかの場面にある生命の姿を我々に朧《おぼろ》げながら伝えるのである。

日本では或る種の文学形式が他の国よりも発達していて、これは日本人がその印象や経験を抒情の形で得て、これを組織立ったものにするのに困難を感じるためかも知れない。その文学形式というのは日記、紀行、随筆などであって、比較的に自由な様式ではあるが、それは決して無技巧ということではない。その洗練された魅力は、例えば十七世紀の詩人、芭蕉《ばしょう》が書いた紀行『おくのほそ道』にも窺《うかが》われて、その書き出しは次のようになっている。

月日は百代《はくたい》の過客《くわかく》にして、行《ゆき》かふ年も又《また》旅人也。舟の上に生涯をうかべ、馬の口とらへて老《おい》をむかふる物は、日々旅にして旅を栖《すみか》とす。古人も多く旅に死せるあり。予《よ》もいづれの年よりか、片雲《へんうん》の風にさそはれて、漂泊の思ひやまず、海浜にさすらへ、去年《こぞ》の秋、江上《かうしやう》の破屋に蜘《くも》の古巣をはらひて、やゝ年も暮、春立てる霞の空に白川の関こえんと、そゞろ神《がみ》の物につきて心をくるはせ、道祖神のまねきにあひて取《とる》もの手につかず、もゝ引の破をつゞり笠の緒付《つけ》かへて、三里に灸すうるより、松嶋の月先《まづ》心にかゝりて、住《すめ》る方《かた》は人に譲り杉風《さんぷう》が別墅《べつしよ》に移るに、

草の戸も住替《すみかは》る代《よ》ぞひなの家

面《おもて》八句を庵の柱に懸置《かけおく》。

弥生も末の七日、明ぼのゝ空朧々《ろうろう》として、月は在明《ありあけ》にて光をさまれる物から、不《ふ》二《じ》の峯幽《かすか》にみえて、上野谷中《やなか》の花の梢又いつかはと心ぼそし。むつまじきかぎりは宵よりつどひて、舟に乗《のり》て送る。千じゆ《（住）》と云《いふ》所にて船をあがれば、前途三千里のおもひ胸にふさがりて、幻のちまたに離別の泪《なみだ》をそゝぐ。

行《ゆく》春や鳥啼《なき》魚の目は泪

日本人はこういう作品を書いている時に最もその長所を発揮するので、これならば構成についての配慮にあまり悩まされずに、自然の全く比類ない描写や、繊細な感情の表現に力を入れることが出来る。そういう作品には或る程度の滑稽味と優しい哀愁が漂っていて、影像に影像を積み重ねていって一つに溶け合せるという、日本の詩に一貫した特徴は、ここでは旅行中の見聞とか、宮廷での日々の出来事とかが、語り手の人物で統一されるという形を取っている。そこでは烈しくて角が立つ感情は何か場違いで下品なものとして斥《しりぞ》けられ、こういう個人的な感想で出来ている作品のみならず、日本の文学全般に亘って、思い出に耽《ふけ》るという態度が取られているのが普通であり、どぎつい印象を与えられることは滅多にない。日本の詩人や芸術家が外国の作品を模倣している時でも、この日本に特有の優雅と軽みが固執される場合が多くて、例えば、中国の詩人がその故郷の破壊を見て悲嘆したのが、これを模倣した日本の詩人の作品では甘美な追憶になって反映されている。或は、中国の画家が極度に神秘的な感情をこめて描いた仙人の肖像が、それをほとんどそのまま写した日本の絵では、仙人と仙人が飼っている神通力がある蟾蜍《がま》と松や雲の愛すべき構図になっている。

この態度に我々は、日本で雅《みや》びと呼ばれているものを見ることが出来る。これは文字通り、宮廷風であるということであって、日本の文学は本質的に貴族的なものなのである。これは勿論、日本に民謡や、下層階級のために書かれた小説がなかったということではないが、そういう作品は、少くともずっと後の時代になるまでは、概して問題にするほどのものではなくて、またそういうものでも、同じ種類の欧米の作品よりも遥かに優雅に出来ている。勅撰《ちょくせん》和歌集に収められた歌の大部分は宮廷人が作ったもので、こういう非常に洗練された歌というものが社会のすべての層に普及し、それで今日、農民出身の詩人の胸に浮ぶ影像が何世紀も前に、宮廷で皇族が最初に使ったものであっても少しも不思議ではないのである。そしてその点でも中国の文学の伝統と日本のは違っていて、我々が普通に文学と考えているもの、例えば恋愛詩や、劇や、小説などは、中国では教養がある人間が書くものではないとされていて、中国の夥《おびただ》しい量に上る文学作品のうちでこういう種類の作品で価値があるものは比較的に少い。これに対して日本では、天皇も恋歌を作り、宮廷人が書いた小説や劇が日本の文学でのそういう形式の作品の基準になった。

しかし日本の文学が貴族的であるというのは、単に貴族がそれを書いたということに止まらなくて、民衆の文学にも、絶えずもっと洗練された形式に発展してゆく傾向が認められる。日本の文学史では、初めは下層階級を喜ばせるのだけが目的だった詩や劇の形式が、そこにもっと高級な貴族的なものを生み出す可能性を見た人々によって完成され、その細かな規制が定められるということが度々起っている。しかしこうして粗野であるのを避けるということは、フランスの十七世紀の劇が示す通り、迫力をなくすことでもあって、日本の文学で或る種の形式は、人の気に障らないようにすることで人の興味を惹く力を失い、宮廷人の無聊《ぶりょう》を慰める玩具でしかなくなった。芭蕉はその危険に気付いていて、俳句はすべての詩の本領である恒久的に美しい効果を収めることを狙うのみならず、新鮮でなければならないと主張した。しかしこういう彼の態度はむしろ例外に属していて、彼以前の大家たちは独創的であることよりも、誰もが考えていることを完璧な形で書くことを望んだ。宮廷人は皆、日本や中国の主な詞華集に載っている詩をすべて暗記していなければならなくて、誰かが古い詩に少しばかり違った意味を与えただけのものを書けば、そのことがすぐに理解され、これは全く新しいものを書くのと同じくらい、或はそれ以上に喜ばれた。文学と美術に共通の、前の人間がやったのと本質的には同じことをして、ただそれに幾らかの変化を与えるという玄人《くろうと》の態度が、日本では普通のことになっている。このやり方は次の例

でも解ることで、蕪村《ぶそん》が、

釣《つり》鐘《がね》に止りて眠る胡《こ》蝶《てふ》かな

と書いたのを、子規《しき》は、

釣鐘にとまりて光る蛍かな

とした。これは剽窃《ひょうせつ》というようなことではなくて、子規はむしろ彼の俳句を読むものが当然、蕪村のを知っていて、この洗練された読者層が彼が自分の感受性に従って蕪村の句に加えた修正を珍重することを期待したのである。そのことを離れて見ても、子規の句は蕪村のに劣ることはない。しかし欧米の読者ならば、子規のは蕪村のによって出来たものだという理由でこれを斥け、自分にもそのくらいのことはやれるというので、「釣鐘や止りてがなるきりぎりす」という風な、蕪村の句をもじった駄句を作るかも知れない。芭蕉は宮廷人が常に用いた（また、子規もここに挙げた例で試みている）こういう玄人の手法が陥りやすい危険を知っていて、彼自身はその詩作で昔の作品を直接に材料に使うことがほとんどなかったが、日本の文学からこの特徴ある手法を除くには至らなかった。これは不思議ではなくて、詩が或るものにとっては宗教に近いものになっている国では、昔の歌に出て来る言葉や影像が自分自身のと変らず胸に直ぐ浮んで来るのは当然であり、それで詩人は主に他人が考えた言葉で考えることになって、それを彼自身の色に染めるだけなのである。これが劇の場合でも、日本では同じ話の筋がすべての種類の劇で繰り返して用いられ、観衆はその筋が別なものになっていることを期待する代りに、劇作家の性格が細部の違いに現れていることを求めたのであって、これは例えばギリシャの悲劇で、オイディプスの話をアイスキュロスが扱っても、或はソフォクレスでも、或はまた、エウリピデスでも、話の筋に変りはなくて、ただその細部と、作者がその話を扱う心理が全く異なっていることを思わせる。或る意味では、題材が限定されていることは、作者に筋を自分で考えるというようなことよりももっと微妙な所でその個性を発揮する余地を与えるものなので、今日でも殊にフランスでは劇作家がまだオイディプスの話を取り上げ、日本の文学者が日本の文学に昔からあった題材を全く放棄するに至っていない理由も、或はそこにあるのかも知れないのである。

日本の過去八十年間に、ヨーロッパの文学と思想が古来の文明を圧倒しそうに見えた或る時期には、古い形式に属するものは何だろうと、まず残りはしないものと考える他なかった。これは一八六八年の明治維新に続く二十年ばかりの期間が殊にそうで、その間、日本の文学の質はこの時、かつてなかった所まで落ちた。東京に出来た大学には暫《しばら》くの間、日本文学科も中国文学科もなくて、或る学校では日本の文学と歴史の代りにヨーロッパのが教えられ、修身の教科書さえも外国の本からの翻訳が用いられた。(3) 後に暗殺された或る文部大臣は日本語をやめて英語を一般に使用することを提言し、或る文筆家は日本人がヨーロッパ人の女と結婚して日本人の身長と体力を増すことを図るべきだと主張した。こういう考えは実行に移される心配がなかったが、日本の文学が完全に消滅することになる危険は充分にあった。ヨーロッパの作品の翻訳がたちまち読者の人気を集めて、欧米人の軍事上、及び実業上の成功に見られるその優位の秘密を知ろうとして、日本人はまず欧米の修養書、例えば一八七〇年、明治維新になって僅か二年目に翻訳に着手されたサミュエル・スマイルズの『自助論』などをまず読み、この本は日本人に欧米風の生き方をするにはどうすればいいかを教えるのに大きな役割を果した。

この新しい日本の初期に訳された文学書には、ブルワー＝リットンやディズレイリの小説があって、そういう作品の多分に政治的な性格が、明らかにその当時、日本で盛んに政治小説が書かれた原因の一つになっている。日本の批評家たちは自分の国の文学を、ヨーロッパ人ならばそうするだろうと思われる具合に評価しようとし、日本のシェイクスピア、或は日本のゲーテは誰であるかを考えた結果、近松などがかつてなかった風に持ち上げられる一方、ヨーロッパ人の文学の観念とは縁がない種類の作者たちはそれだけ冷たく見られることになった。また、それまでは勧善懲悪《かんぜんちょうあく》の手段としての文学というようなことが論じられていたのが、近松の女たちの性格を扱った論文などに取って代られた。それで小説家や劇作家も従来とは全く違った態度で書くことになったのは自然の勢いで、彼らはそれ以前のものが無視していた社会の面に関心を持ったのみならず、言葉もそれまでとははっきり違ったものを使った。明治維新前には話す言葉と書く言葉の間に著しい差があって、大衆向きの小説の作者も、文法も語彙《ごい》も違う古い文語体の一種で書いていたのであるが、英語その他、ヨーロッパの国語からの翻訳が大量に行われるようになって、文章を書くのに次第に口語を用いる傾向が生じ、それは例えば、口語風の文体で書いてある英国の小説を煩雑な文語体の日本語に訳すのが、いかにも不細工なものであることが解ったからだった。この新しい口語体は翻訳のみならず、ヨーロッパの影響を受けたすべての種類の作品で用いられた。

もっとも、ヨーロッパを手本にして何もかもやるこういう風潮に対しては、各方面から猛烈な反対があったが、それは政治的な、また、宗教的な面では或る程度の成功を収めはしても、文学ではこの種の抗議が全く通らなかった。今日の日本の文学は、過去七十年ばかりの間にヨーロッパに起った文学運動の影響をすべて受け、事実上、欧米の現代文学の一部をなすものと見做《みな》すことが出来る。エズラ・パウンドは東京の『VOU』という詩人の雑誌を、彼が崩壊するのを支えている四つか五つのものの一つに数え、観念の造型と影像の関係の問題について北園克衛《きたそのかつえ》がパウンドに送った手紙から、長文の引用をしている。(4) 北園は、「人間は二つの直角で心臓の形をした空間を作ることを考えた」と書き、それについてパウンドは、「欧米で架空の幾何学を売りものにしている連中が躓《つまず》くのはこの点である」と言って、日本人が現代文学の手法の面で、或はその教師たちを既に追い越しているかも知れないことを示唆《しさ》している。

二十世紀になって、日本でも多くの優れた欧米風の詩が書かれたが、現代の日本で書かれた詩の全体の量を考えるならば、日本の文学で他のどういう形式よりも、詩が最も欧米の文学の影響を受けていないとも見られる。現代文学に属する日本の小説家の多くは、自分の作品を発表する前に翻訳で名をなした人たちであって、自分の作品で純粋に日本的な題材を扱っている場合でも、欧米の作者たちに彼らがいかに負う所が多いかということを絶えず感じさせる。例えば、そのうちの或る作品を『人間の絆《きずな》』の、また、別なのを『フォーサイト一家』の日本版という風に分類してゆきたくさえなるのであって、またそのような分類を試みるのは無意味なことではない。小説家の中には何人か、意識的に古い形式に従って書いているものがいても、そういう小説家の作品でもそれが実際には伝統的な日本の小説よりも欧米の小説に遥かに近いものであることをいろいろな点で示している。しかし詩人は、そう簡単には古い形式を捨てなかったので、小説や劇と同じ頃に詩の新しい形式が幾つか工夫されたが、一流に属する詩人の大部分はそれまで通りの形式で詩を書き、新しい形式による詩の場合も、五音節と七音節が交代する在来の韻律を自然になすものが多くて、これが日本語の基本的な韻律でもある。詩人たちがこうしてもとからの形式を踏襲したことは、詩が他の文学形式よりも伝統に忠実なものであることを示すものかも知れないし、同時に、詩人たちが日本特有の短い詩形式の方が日本語に適し、さらにまた、近代詩で求められている印象主義的な効果を収めるのに無定型の自由詩よりも向いていることを心得ていたのだとも考えられる。確かに、世界の近代詩人の中で一茶《いっさ》のように多くのことを僅かな言葉数で表現することに成功したものはいない。それは彼の最後に生き残った子供の死に際して一茶が作った句で、彼の友達がその時集まってこの世に生きることの果敢《はか》なさとか、西方《さいほう》浄土で得られる永生とか、こういう場合に誰もが言うことで彼を慰めにかかったことは我々にも想像出来る。その句、

露の世は露の世ながらさりながら

II　日本の詩

日本の詩の性質について語った最も古い、また、最も有名な言葉の中に、九〇五年に紀貫之《きのつらゆき》が『古今集《こきんしゅう》』に書いた序文があって、それはこういう風に始まっている。

やまとうたは、ひとのこゝろをたねとして、よろづのことの葉とぞなれりける。世中《よのなか》にある人、ことわざしげきものなれば、心におもふことを、見るもの、きくものにつけて、いひいだせるなり。花になくうぐひす、みづにすむかはづのこゑをきけば、いきとしいけるもの、いづれかうたをよまざりける。ちからをもいれずして、あめつちをうごかし、めに見えぬ鬼神《おにがみ》をも、あはれとおもはせ、をとこ女のなかをもやはらげ、たけきものゝふのこゝろをも、なぐさむるは哥《うた》なり。

これは一見、詩というものの効力について月並なことを言っているだけのことのように思われて、また事実、この貫之の文章には中国の文学からの借用と認められる個所が少くないが、その流暢《りゅうちょう》な文体で言われていること、或はまた、言われていないことの中には、欧米の読者の興味を惹かずにはおかないことが幾つかある。第一に、貫之は詩には超自然的な存在を動かす力があると説いていて、これは欧米で超自然的な存在が、その霊感に動かされた詩人を通して語るのだと信じられて来たことの反対である。日本人は、その国にある他のすべてのものと同様に、詩も神々から生れたものだと初めは考えていたかも知れないが、日本の詩人はかつてその仕事の上で、神々に助けを求めなかった。詩にどれだけ不思議な力があることになっていても、詩を書くのは人間の力だけで出来ることと考えられていたのである。貫之は、「春のあしたに、花のちるをみ、秋の夕ぐれに、この葉のおつるをきゝ、あるは、としごとにかゞみのかげにみゆる、雪となみとをなげき、草の露、水のあわをみて、我身をおどろき、あるは、きのふはさかえおごりて、時をうしなひ、世にわび、したしかりしもうとくなり」と人間が詩に慰めを求める場合を列挙していて、これが日本で詩の主な題材になるものであり、その何れも詩人に霊感に燃えることを必要とさせなかった。

次に、貫之は詩が恋愛の媒介をすると言っていて、これはヨーロッパ各国の国語で恋愛詩が書かれていても、欧米の読者にはもう少し説明しなければならないことかも知れない。我々は『源氏物語』のような、中世紀の宮廷生活を扱った日本の小説を読んで、初めて詩というものがどのくらい、そういう場合に役立つものかということに思い至るのである。どうかすると、恋人の対話の全部が詩で行われて、男が歌で仄《ほの》めかしたことを女の方で巧妙に受ければ、それが女の美しさ以上に男の心を掻《か》き立てることになったりする。和歌には、相手を口説くのでも、朝、別れた後に相手に送るのでも、その裏切りを嘆くのでも、或はその他、この高度に発達した表現形式を用い得るすべての場合のために手本が幾らでも出来ている。それほど、詩が恋愛の媒介として重要な役割を演じることになったのは、ちょうど、日本の詩の技術が完成されつつあった九世紀、十世紀、及び十一世紀に、日本の貴族の間で我々には不思議に思われる恋愛の仕方が行われていたからだった。当時、宮廷の女はその公認された夫以外の男には顔を見せないことになっていたから、恋人同士で会う時は、少くとも初めのうちは、女は御簾《みす》の蔭から男と話をした。恋人同士で付き合うのにもこういう形式を取らなければならなかったことは、日常の言葉よりも荘重な詩でものを言う習慣を生じて、恋人たちが会っていない時は、絶えず書いたものをやり取りし、それが季節によって梅の枝や紅葉に結び付けられていることもあった。その書いたものは勿論、歌で、これは歌そのもののみならず、それを書いた筆跡にまで意味が認められた。当時の恋愛というのは普通、まだ一度も会ったことがない女に男が歌を一首書いて送ることで始まり、その返事が来るのを男は身を焦す思いで待った。

唐《から》の紙のいとかうばしきを取り出でて、書かせ奉る。

数ならぬみくりや何のすぢなればうきにしもかく根をとどめけむ

とのみほのかなり。手は、はかなだちて、よろぼはしけれど、あてはかにて口惜《くちを》しからねば、御心おちゐにけり。（『源氏物語』玉鬘《たまかずら》）

しかし時には、男の所に返事が来て、その恋が冷めることもあった。

手を今すこしゆゑづけたらばと、宮は好ましき御心に、いささか飽かぬことと見給ひけむかし。……思し沈みつる年頃の名残なき御有様にて、心ゆるび給ふことも

多かるに、同じくは人の傷つくばかりのことなくても、止みにしがな、と如何思《おぼ》さざらむ。（同、蛍《ほたる》）

相手の気に入るような紙に見事な筆蹟で書かれた歌は、それだけで申し分なく相手の心を動かして、その最後の仕上げに、こういうこともあった。

御手などはさるものにて、ただはかなうおしつつみ給へる様も、さだすぎたる御目どもには、目もあやに好《この》ましう見ゆ。（同、若紫《わかむらさき》）

しかし恋歌を書くのは若い恋人たちに限られたことではなくて、天皇以下、宮廷のものは皆これを一種の文芸として試みた。昔の歌集を読んでいると、例えば、前太《さきのだい》政大臣《じょうだいいじん》とあるだけのこういう歌が出て来る。

知るらめや木の葉降りしく谷水の岩間にもらす下の心を

歌が作れるのが欠かせないことだったのは、宮廷だけではなかった。貫之は詩が勇猛な武人の心も慰めると言っていて、事実、我々は日本の小説を読んでいて、主人公が死闘を続けている最中に、桜の花が散ることに託して辞世を詠んだり、兵隊が集まって歌を作ることで冬の夜を過したりするのに出会って打たれる場合が少くない。しかし詩は日本ではすべての階級に行き渡っていて、今日でも、日本人ならば大概誰でも、歌の可否は別として、歌を作ることが出来る。貫之はその序文で、「花になくうぐひす、みづにすむかはづのこゑをきけば、いきとしいけるもの、いづれかうたをよまざりける」といっていて、同じ考えをそれから八百年後に俳人の鬼貫《おにつら》が、

筆にとらぬ人もあらうか今日の月

という句で表している。詩が詩人とか、或は学問がある人間とかだけのものでないというのは、今日の日本でも通用することであって、これは一つには、日本の詩の韻律がきわめて簡単なものだからであり、また一つには、その詩の題材になることの範囲が非常に限られているからでもある。

日本の詩の韻律は日本語の性質によって決定されたもので、ヨーロッパの詩で主な要素をなしている音の強弱と長短は、それが日本語にはないことで日本の詩の韻律から省かれている。これは勿論、フランスの詩についても言えることであるが、日本語ではすべての音節が単純な母音で終っていて、子音の複合というものがないために、押韻するということが無意味であって、それでフランスの詩の支えになっている押韻も日本の詩では用をなさない。従って、日本の詩は音節の数に即して作られ、その数で詩の形式が決って、短歌と俳句、及びこの二つの形式に基いた幾つかの変格が、日本人が詩と見做すもののほとんど全部である。またそのように押韻も、複雑な韻律もない、三十一音節か十七音節の詩が誰にでも作れるものであるのは、我々にも容易に想像出来ることで、ただこの場合、日本語でも価値がある詩を書くことは他の国語に劣らず難しいことを付け加えておかなければならない。

詩の題材になることの範囲は、日本の詩が短い形式のものであることだけでなくて、詩で扱っていいと考えられていることの種類によっても制約されている。日本の詩が短いために、厳密に叙事詩と呼べるものがなくて、これは三十一音節、まして十七音節では多くのことが語れないのから生じる当然の結果である。しかし知的な詩、或はとにかく、感情に訴えるのが目的でない詩が少いという、日本の詩に認められるもう一つの特色は、詩が短い形式のものであるということだけで説明出来るものではない。貫之が、人間を詩による表現に駆り立てるとして挙げている事柄は、すべて感情に訴えるものばかりである。これに対して、多くの中国の詩人が書いた作品の、最良の部分ではなくても、大部分をなしているものは、普通の意味では感情と縁があると思えないことを扱った雑篇であって、例えばアーサー・ウエーリはその白居易《はくきょい》についての著書で白居易の抒情の性質を次のような句で示している。[5]

老何歿《かぼっ》シテ後吟声《ぎんせい》絶エ
郎官《ろうかん》有リト雖《いえど》モ詩ヲ愛セズ
復《ま》タ篇章《へんしょう》ノ道路ニ伝ワル無ク
空シク風月ヲ留メテ曹司《そうし》ニ在リ
長ク博士ノ官猶《なお》屈スルヲ嗟《なげ》キ
亦《また》騒人《そうじん》ノ道漸《ようや》ク衰《おとろ》ウルヲ恐ル
今日君《きみ》水部ニ除《じょ》セラルルト聞キ

身ニ省郎《しょうろう》ヲ得シ時ヨリモ喜バシ　（白居易「喜張十八博士除水部員外郎」）

こういう詩を日本語で書くことは考えられないし、また誰もそういうことをするものはいない。日本の政治的な詩ならばそれよりもむしろ、天皇の御代《みよ》が、さざれ石が岩になって苔蒸《こけむ》すまで続くことを望むという風な形を取る。

日本の詩を書く際の気分は、伝統によっても制約を受けている。中国の最も優れた詩の或るものは詩人が激怒して書いたものであるが、そういうのは日本の詩には少くて、さらに宗教的な情熱を歌ったものや、形而上学、或は倫理の問題に幾らかでもはっきりした形で触れたものも少い。そういう材料を列挙してゆけば、しまいには詩で扱うのに適した材料としてごく僅かなものしか残らないことになって、その扱い方も限られている。日本の詩の大部分は恋愛か自然を歌ったもので、そこで表されているのは多くの場合、或る優しい哀愁である。例えば、桜の花が散るのや、秋の落葉は、それが時間が過ぎてゆくのと人間の一生の短さを示すものであるので、詩でよく用いられる題材になっている。そういう詩には宗教的な背景があって、それはこの世のものはすべて無意味で直ぐに消え去り、そういうものに頼るのは幻を信じることなのだと教える種類の仏教であるが、日本の詩に認められるそのような宗教的な観念は単純な性質のもので、詩人にとって大きな動揺の原因だったとは思えない。また、日本の詩に恒久的な影響を与えた唯一の宗教が、知性というものに重きをおかない禅宗であるのも参考になることである。

日本の詩人がそういう風に簡単な題材を選んだのが、詩形式が簡単だったせいか、それとも、その詩形式が題材の性質から生じたものか、何れにしても、大概の日本の詩人は三十一音節しかない短歌の形式に不自由を感じなくて、それを感じたものは、一般にはだんだん用いられることが少なくなっていった長歌の形式で書くか、或は英国の詩人がラテン語で詩を書くこともあったように、中国語で詩を書けばよかった。しかし大体の所は、日本の詩の伝統的な材料と形式は見事な一致を示して、美術その他に認められる日本人の趣味とも符合するもののようである。

日本の詩のきわめて顕著な特色で批評家に高く評価されているのは、その暗示的な効果で、日本の優れた詩、殊に俳句は読者によって完成されなければならないものになっている。日本の詩の多くが欧米の読者にあまりにも消極的な印象を与えるのはそのためであって、その作者たちは一つの経験からどういう結論を得たかを言わず、その経験をどんな風に感じたかということさえも示さない。芭蕉にこういう句がある。

雲の峰いくつ崩れて月の山

これが欧米の詩人だったならば、この後に何か個人的な考えを付け加えた筈で、例えばD・H・ロレンスは「月が昇る」という作品でその月を眺めているうちに、「美が死を越えるものであり、完全に光に満ちた経験は決して消え去るものではない」という確信を得たと書いている。しかしこういうことを日本の詩人ならば言わない。その作品がおのずとそれを暗示するか、或は暗示できていなければその作品は失敗したのである。この芭蕉の句にしても、もしそれを読んだものが、そこに描かれている光景を前にして芭蕉が何も感じなかったと思うならば、句の目的は果されなかったことになり、またこの句の暗示的な性格を理解する読者の場合でも、月に照された山を芭蕉が突然見てどのような真実を摑んだかということは、読者によってかなり違った具合に受け取られるに違いない。またもしそうでなくて、この句がただ一つの真実しか暗示しなければ、芭蕉に言わせれば、それはこの句がまだ詩になっていないのだということになる。日本の詩人が求めたのは、僅かな言葉数、というのは、大概は一つか二つの非常に明確な影像で、後は読者が自分で補わなければならない一つの作品の輪郭を表すことだったのであり、それは日本の絵では幾筆かで一つの世界全体を暗示するのが目的であるのと同じである。

この暗示的な性格のために、日本の詩は英語に訳し難い。それを読む欧米の読者は、ロシアのバレーの愛好者がインドネシアのバリの微妙な身振りだけでする踊りを初めて見るようなもので、バレーで見馴れている跳躍その他の動作が全くないバリの踊りでバレーと共通なのは、手や足を動かすことと、それが優雅であることだけである。それでこの踊り、或は日本の詩は洗練され過ぎていて活気を欠き、単調だという印象を与えることにもなって、これはどうにもなるものではない。バリの踊りや日本の詩は、多くの人間には非常に限られた範囲のものに思われるのを免れなくて、眼が肥えているものだけが、そこに何が暗示されているかを知るのである。

この眼が肥えているということが、欧米の読者が日本の詩を読む時に躓くもう一つの原因と結び付いている。日本の詩は日本の美術と同様に、その方法は玄人のものであり、また、細部に至るまで完璧であることが目指されていて、これは所々に素晴しい部分があれば、長い作品で何節かが平凡であっても構わないことになっている欧米の詩と全く対立するものである。欧米の詩では、第二節が第一節に劣るのが普通であるが、詩人の心からの叫びや、或はまた、真理の探求は、四行詩一節などということでは充分に表現出来ないと一般に考えられている。ところが、日本の詩人は自分の感情を歌い上げるのに、かつては英国で聖書の有名な部分を誰もが知っていたのと同じ具合に、日本では誰もが聞き馴れた何か昔の人間の言葉を取り、これにごく僅かな言葉を付け足してその昔の言葉に新しい時代の意味を与える、というようなことをする。こうしてその道の玄人には高度に圧縮された形で多くのことを伝えることが出来て、そのためにもとの詩を修正するのは、それが巧みに行われていれば、非常に小範囲のことですむ。時には、そうして得られる変化があまりにも微妙な性質のものなので、英語に訳すことは望めず、日本の詩の世界は狭いように思われても、その世界の内部にある陰翳《いんえい》は、英語をいかにも粗野でぎごちない国語の感じにさせるのに充分である。

こういう翻訳上の困難は、英語と日本語では詩の用語が少しも一致しないことによってさらに大きなものになっている。例えば、日本語には各種の風を指す言葉が実に豊富にあって、それは今度の戦争で或る型の駆逐艦全部に風の名を付けるのに足りた。

或は、花見という言葉で日本の詩人は、ただ花を見に行くということだけでなくて、着飾って花見に出掛けた多彩な群衆の感じを伝えることが出来る。勿論、我々も言葉を五つか六つ使って同じことを表現するに至るが、詩の効果はそのために失われる。

最後に、もう一つ厄介なのは、日本語と英語では言葉自体が与える印象が違うということである。これは時には、その言葉が指すものが同じではないことから来ていて、例えば、蛙は日本ではその鳴き声が美しいので知られていて、それは我々が英国で聞くようなものではない。しかしそれよりも、言葉の背景になっている伝統が違う場合が多くて、日本人が書くものには秋草のことが始終出て来るが（そしてそれを英語に訳す時には興醒《きょうざ》めなラテン語の学名を使う他ない）、日本人は薔薇《ばら》も見馴れていて、それでいて薔薇には全く無関心のようであり、これと同じことが日本語と英語で一番よく出て来る言葉のほとんどどれについても言える。

以上のことで、日本の詩を充分に味わうためにはそれを原文で読まなければならないことがはっきりしたと思うが、その一つの形式が辿った発達の径路を説明することで、或る程度までは日本の詩というものの性格を語ることが出来る筈である。それには連歌《れんが》と、連歌から発生した俳句がいいようで、この二つは或る意味では最も日本的な詩形式であり、それだけに説明の材料に適している。

連歌の最も簡単な形式は、二人の人間が一つの短歌、というのは、一人が短歌の最初の三節、もう一人が終りの二節を作るもので、この種類の連歌は日本で知られている一番古い本である八世紀の『古事記《こじき》』にも見られるが、連歌が一般に行われることになったのは十一世紀、及び十二世紀になってからだった。一つの歌がどうして二つに分れることになったかは、十三世紀に出来た『新古今集《しんこきんしゅう》』をそれ以前の和歌集と比較すれば解る。それ以前の歌では句の切れ目が出来る場所が一定していなくて、これが第二節、或は第三節、或は第四節の終りになっているが、『新古今集』の歌では、例えば次の俊頼《としより》の歌にも見られる通り、それが第三節の終りに来るのが普通になっている。

古郷《ふるさと》は散る紅葉葉《もみぢば》にうづもれて檐《のき》の忍ぶに秋風ぞ吹く

この歌では、その最後の二節が初めの三節を説明する形になって、ほとんどその三節から独立している。それでこういう歌はそれまでの、もっと全体が一つになった歌と違って、二人の人間が作ったものであってもいい訳であり、そういう簡単な種類の連歌が、十一世紀及び十二世紀に宮中で盛んに行われるようになった。つまり、一人が歌の最初の三節を、それになるべく付けにくくして作り、その困難にも拘らず、もう一人が後の二節を付けて腕前を示すというやり方だったのであるが、これにさらに五、七、五の第三句を付けることで五節で出来ている短歌の形式を破り、三節と二節を交代させて幾句でも続けてゆけることになった時に、連歌の発達の上での第一歩が踏み出された。そしてこの第一句、二句、三句の単位は、一万句を越える長い連歌を作る場合にも尊重されて、それはどの句もその前の句とその後のと結び付くものでなければならないからだった。これはそれまでの、付けにくい上の句に下の句を巧みに付けて見せるだけが目的の連歌とは非常な違いで、長い連歌では付けにくい句を作るのは意味がなくなり、こうして連歌は本質的に一種の共同作業になって、宮廷人のみならず、これをやっていれば一晩楽しく過せることを知った武士や、僧侶や、町人の間にも広まっていった。これには普通、三人以上のものが集まって五、七、五と七、七の句を交代に作っていったので、各句の内容は作者によって違い、ただその直ぐ前の句と何か繫がりがありさえすればよかった。これは次の、三人の人間によるごく初期の連歌の例でも解る。

奈良のみやこを思ひこそやれ　藤原公教《ふじわらのきんのり》
八重ざくら秋のもみぢやいかならむ　源　有仁《みなもとのありひと》
しぐるるたびに色やかさなる　越後乳母《えちごのめのと》
（『今鏡《いまかがみ》』十二世紀）

ここでは、第二句は奈良の都がその桜と秋の紅葉で知られていたことで第一句と結び付き、第三句は秋に雨が降るごとに紅葉の色が変ってゆくということで第二句に繋がっている。しかし第一句は第三句と別に関係がなくて、一般に、同じ題材を数句に亘って追ってゆくことは望ましくないとされていた。

中国にも、外見上はこれに似た詩形式があったために、一部のものの間では連歌が純粋に日本の産物ではないと考えられるに至っている。しかし中国で聯句《れんく》と呼ばれたこの詩形式による作品を注意して読むならば、それと日本の連歌が二つの全く別なものであることが解る。聯句の典型的なものとしては次の、三世紀に書かれた賈充《かじゅう》とその妻の対話がある。

室中是《こ》レ阿誰《すい》ゾ　嘆息シテ声正ニ悲シキハ　賈充
嘆息スルコト亦何為《またなんす》レゾ　但《た》ダ恐ル大義ノ虧《か》ケンコトヲ　妻
大義膠漆《こうしつ》ニ同ジ　石ニ匪《あらざ》レドモ心移ラズ　賈充
人誰《たれ》カ終リヲ慮《おもんぱか》ラザル　日月《じつげつ》合離有リ　妻
我ガ心ハ子《し》ガ達スル所　子ガ心我亦知ル　賈充
若《も》シ能《よ》ク食言《しょくげん》セズンバ　君ト宜《よろ》シキ所ヲ同《おなじ》ウセン　妻

この例にも題材の統一と軽い調子という中国の聯句に見られる二つの特徴が現れていて、その何れも日本の連歌に求めることは出来ない。またここで既に言ったことからも、連歌が日本の詩が発達するに従って自然に生じたものであって、外国の影響を受けて出来たものではないことは明かであると思う。

聯句は中国ではかつて重く見られたことがなくて、中国の文学史にも聯句のことはほとんど出て来ないが、日本の連歌は、次第に恐ろしく面倒な規則がある、異常に複雑な詩形式に発達していった。例えば、発句《ほっく》と呼ばれるその第一句については、それが海でも山でも、その場所の性質に背くものであってはならず、またその季節の花が散るのや、草木の葉が落ちるのや、同じく風、雲、霞、霧、雨、露、霜、雪、寒暖、月の位相などにも背いてはならなくて、春の鳥とか、秋の虫とかいう、人の心に直ぐに訴えるものは発句に入れるのに最も適してはいても、前から用意されていた感じがする発句には価値がない、というような規定があった。第二句についてはそれほど面倒なことがなくて、ただそれが第一句に密接に結び付くものであり、名詞で終っていなければならなかった。第三句はもっと自由に作ることが出来て、助詞で終ることになっていた。第四句は「滑《なめ》らか」でなければならず、連歌の或る所まで来て月を出す必要があり、或る所まで来る前に桜の花を出してはならず、春と秋は三句以上、続けて句に出さなければならないが、五句以内で止めなければいけなくて、夏と冬は一句だけで止めても構わなかった。そういう規則が殖える一方で、そのような条件の下に何か価値がある仕事が出来るということはまずないと見てよさそうであるのに、そしてまた事実、連歌はその規則に忠実に従うことしか考えない好事家の玩具に次第になっていったのではあっても、時には卓越した詩がこの形式で書かれることがあって、連歌の達人だった宗祇《そうぎ》（一四二一―一五〇二）の作品には殊にそれが多い。

一四八八年に、宗祇とその二人の弟子は京都に近い水無瀬《みなせ》で百句の連歌を興行し、これは連歌の古今《ここん》を通しての傑作と見られている。それはこういう風に始まっている。

雪ながら山もとかすむ夕《ゆふべ》かな　宗祇
行く水遠く梅にほふ里　肖柏《しょうはく》
川風に一むら柳春見えて　宗長《そうちょう》
舟さす音もしるきあけがた　宗祇

この『水無瀬三吟百韻《みなせさんぎんひゃくいん》』はいかにも自由に作られたという感じがするので、連歌の規則が守られていないのではないかと思うものがあるかも知れないが、どの句も注意して読めば、その規則を少しも破っていないことが解る。発句は季節が、まだ冬の雪に蔽《おお》われている山にようやく霞がかかるようになった早春であることを我々に告げて、さらにその場所はこの発句が後鳥羽院《ごとばいん》（一一八〇―一二三九）の御製《ぎょせい》、

見わたせば山もと霞む水無瀬川ゆふべは秋となに思ひけむ

に掛けてあることで水無瀬であることが明らかにされている。そして時は夕方であるから、こうして規則通りに、季節と時と場所が示されていることになる。また、第二句は春の花である梅を出すことで発句の早春の趣向を受け継いでこれを補い、さらに水が流れるのに触れることでやはり水無瀬川を歌った別な歌を連想させて、場所が水無瀬であることを一層はっきりさせている。第三句は規則に従って三度目に春のことを言い、また、水の趣向を立てるのを続けて、第四句は春のことから離れるが、水の趣向を繰り返して、同時に、第四句は滑かでなければならないという約束を守っている。他にも簡単には説明しにくい微妙な点が幾つかあるとして、要するに、そういう面倒な規則に一々従っているにも拘らず、ここに一篇の見事な詩が出来ているということが大事なのである。これは一つの句を次の句に結び付けているもの以外には統一がない作品であって、私が知っている限りでは、欧米の詩にその意味で類例がないものであり、どの句もその前の句と後のに繫がっていても、例えば、第一句では時が夕方であるのに対して第四句では明け方のことが歌われ、初めの三句では季節が春なのに、もっと先の第六句では秋が終りに近づいている。これに似たものを美術に求めるならば、我々は連歌を絵巻物に比較してもいいかも知れない。我々は絵巻物のどの部分を見ても、そこには美しい絵があり、ただその全体を考えるならば、川を舟で下りながら眺める沿岸の景色に認められる程度の統一しかそこにはなくて、優れた連歌から我々が受ける印象もそういう景色に似ている。

初めは単なる遊戯だったものが、このように高度に発達した形式のものにまで引き上げられたことは、詩に慰めを求める武士、或はその他誰だろうと、素人《しろうと》の詩人にとって何か別な、もっと簡単な詩形式が必要になったことを意味した。それで十六世紀、十七世紀にそういう新しい形式が発達して、これが俳諧《はいかい》、或は従来の連歌よりも自由な形式の連歌だった。それまでのが桜の花や、柳や、月明りを主に扱うものだったのに対して、これは雑草とか、鼻が出ることとか、時には馬糞だとかさえもの、どこにでもある材料を用いることを喜ぶもので、やがてこの新しい詩体もそれまでの連歌と同様に型に嵌《はま》ったものになったが、面倒な約束がないこの新しい形式の連歌が出来た当時は、堰《せき》を切ったようにこの新式の連歌と俳句が作られた。この俳句というのは連歌の発句を独立した一句にすることから生じた、これも新しい形式で、俳句の他に発句とも、俳諧とも呼ばれている。(6) 西鶴《さいかく》（一六四二―九三）は一日に二万句作ったと言われていて、勿論、そういう作品の全部が傑作だったということはあり得ないが、この活気があって楽天的で、どこか下品な種類の詩は十七世紀後半の日本というものをよく表している。その十七世紀の初めに、長年続いていた内乱が収まって平和が確立されたことは、日本を非常な繁栄と学芸の見事な開花に向わせて、その結果、それまでは枯れているのが特色だった日本の詩がもっと潑剌《はつらつ》としていて豪放なものになり、創造的な活動の中心が宮廷から商人の家に移ったことが詩の調子にも変化を来したのは当然のことだったと言える。しかし我々が驚いていいのは、この時代に、それも徳川幕府の所在地だった江戸に、多くの者に日本最大の詩人と考えられている人間が住んでいて異常に洗練された詩を作り、或るものには聖人と崇められているほど純潔な生活を送っていたことである。それが新しい連歌とその産物である俳句の達人の芭蕉（一六四四—九四）だった。

芭蕉はその弟子たちに、彼の詩風を支えている二つの原理は流行と不易《ふえき》であると語っている。これは、日本の詩を常に脅やかしていた二つの危険が何であるかを考えるならば一層よく解ることで、その一つは、そしてこの方が大きかったのであるが、既にある傑作を研究し、模倣し過ぎることから生じる陳腐と不毛だった。芭蕉は彼の詩風が年とともに変り、月ごとに新しくならなければならないと主張した。また彼は、古人の後から付いて行くことを望まず、彼らが求めたことを自分も求めているのだとも言っている。ということは、昔の詩人たちが人間に永遠に課されている各種の問題に与えた解答を受け入れず、それを自分で解決しようとしたということで、彼が挙げている第二の原理である不易ということはこのことを指している。十七世紀の日本の文学に起った新しい運動の影響で、伝統的なものが一切斥けられ、日本の詩人たちが自由に酔った時、その結果は混乱に終る場合が多かった。しかし芭蕉にとっては、流行と不易の両方が彼の俳句になくてはならなくて、彼の最も優れた作品ではこの二つが、ここで述べた意味でだけでなしに、幾何学的に言えば、瞬間的なものと恒久的なものの交わる点となって表現されているのが見られる。その一例が、芭蕉の俳句の中では或は最も有名かも知れない、

古池や蛙《かはづ》飛びこむ水の音

である。

その第一節で、芭蕉はこの詩でその不易の要素をなしている時間を超越して動かない池の水を出している。次の一節の蛙が瞬間的なもので、この二つが水の音という一点で交わっている。もっと方式通りに解釈すれば、この詩で不易の部分は無数の日本の詩でその主題をなしている真理の認識であり、芭蕉の寄与は、それまでに何度も詩で用いられて来た蛙の鳴き声でなしに、その跳躍を詩に使ったことにあった。

もしこの真理の認識ということが事実、この詩の主題であるならば、我々にはここに禅宗の哲学の影響を見ることが許されて、禅の教えには、経典を熟読したり、戒律を厳守したりすることよりも、むしろ突然の直覚を通して悟りが開けるというようなことも含まれている。禅宗に入ったものは或る一定の姿勢で眼を半ば閉じたまま、一切の基本である虚無について考えながら長時間、坐らせられる。そしてそこにそうして坐って体を微かに揺らせ、香の匂いに包まれ、一人の僧侶の読経が単調に続くのを聞くともなく聞いている時、不意に後から軽い木の棒で叩かれることがあって、もし悟りが開けるものならば、それはその時なのである。しかし何かそうした不意のことならばどんなことでも、同じ結果に立ち至ることが出来るので、禅宗では、釈迦は暁の明星が現れたのを見ることで悟達したと信じられている。

そういう真実の瞬間に表現を与えるのに、芭蕉は例えばこの古池やの句、或はそれと同じくらい有名な、

かれ朶《えだ》に烏《からす》のとまりけり秋の暮

の句でやっているように、視覚的な映像を最も多く用いている。またこの烏の句では、その影像があまりにも尖鋭なのでよく絵に描かれることがあるが、芭蕉はそういう視覚的な影像にだけ頼ったのではなくて、

閑《しづか》さや岩にしみ入《いる》蟬《せみ》の声

に見られる通り、他の感覚が働いている場合もあり、また、

海くれて鷗《かも》のこゑほのかに白し

では、各感覚が驚くほど、近代的な形で混同されている。

以上の句でも解るように、俳句は非常に短い詩形式であるにも拘らず、必ず二つの要素を含んでいなければならなくて、それが切字《きれじ》と呼ばれている言葉で普通は分けてある。この二つの要素で、その一つがその時の一般的な状態、例えば、秋の暮れであるとか、寺の境内の静寂とか、暗くなってゆく海とかで、もう一つがその瞬間の認識である場合もあり、要素そのものの性質にはいろいろあっても、俳句が有効であるためにはそういう電極に似たものが二つあって、その間で火花が散ることが要求されている。これがなければ、俳句は単に短い文章に過ぎなくて、エーミ・ローエルなどの欧米で俳句の形式を真似た詩人たちはこの点を見逃し、俳句が短いということと、それが暗示に富む形式であることには気付いていても、そういう効果がどうして得られるかは理解していないようである。

次にローエルの句を二つ挙げる。

A Lover

If I could catch the green lantern of the firefly

I could see to write you a letter.

恋人に

もし蛍の青い火が手に入れられるものならば、
その明りで貴方に手紙が書けるのに。

To a Husband

Brighter than the fireflies upon the Uji River
Are your words in the dark, Beloved.

或る女からその夫に

宇治川に飛ぶ蛍よりも私を明るくするのは、愛する人よ、
暗闇で聞く貴方の言葉[7]。

この二つの句では、そこで用いられている言葉は詩的であっても、その結果は前に

示した理由から俳句になっていなくて、むしろ連歌の下の句を思わせるが、連歌の七、七の句はそれだけで独立するものではない。この下の句を作るにもその技術があって、芭蕉は今日では主にその俳句で知られていても、俳句の他にこの下の句を付ける名手だった。また、前にも言った通り、俳句は連歌の発句が独立したもので、そういう詩的な積木の一つになり得る性格を最後まで失わず、それで芭蕉の古池やの句にも、その弟子の其角《きかく》が、

芦《あし》の若葉にかかる蜘《くも》の巣

と付けている。これは発句の意味を補うという第二句の役目を果していて、芭蕉の句では季節が示してないのに対して若葉を出すことで春の中頃であることを我々に告げ、また、蜘蛛《くも》の巣の影像は古池という言葉が与える静寂の印象を強めている。

しかし一般に、下の句の模範とされているものを作ったのはやはり芭蕉で、弟子の荷兮《かけい》の、

霜月や鸛《かう》の彳々《つくづく》ならびゐて

という発句に対して芭蕉は、

冬の朝日のあはれなりけり　（『冬の日』）

と付けた。そしてそうすることで芭蕉は新たに一つの影像を加えているのみならず、発句の効果をさらに大きくしている。この、冬の赤い日が昇って来て、寒さに堪えて不安げに立っている鸛《こうのとり》（鸛鶴《こうづる》）の小さな群をその冷たい光で照しているという句は、もし直接に鸛が哀れであると言ったならばこの影像からその暗示的な性格を奪うところだったのを、その代りに日の方を「あはれ」と思いがけなく表現することで句が清新なものになり、そこでなされていない類推は読者に任せてある。

本当に優れた連歌が作れる人間が何人か集まることがどのくらいあったかというのは問題で、それがそう度々だったとは思えない。芭蕉は『おくのほそ道』で一聯の連歌が作られた事情についてこう書いている。

最上川のらんと、大石田と云《いふ》所に日和《ひより》を待《まつ》。爰《ここ》に古き誹諧《はいかい》の種こぼれて、忘れぬ花のむかしをしたひ、芦角一声《ろかくいっせい》の心をやはらげ、此《この》道にさぐりあしして、新古ふた道にふみまよふといへども、みちしるべする人しなければと、わりなき一巻残しぬ。このたびの風流、爰に至れり。

その地の詩人たちが、芭蕉とともに一巻を巻く名誉に堪えんものと最善を尽したことは容易に想像出来て、その結果は決して悪くはなかった。これは芭蕉の発句でこういう風に始まっている。

五月雨を集めて涼し最上川
岸に蛍をつなぐ船杭《ふなぐひ》　一栄《いちえい》
瓜ばたけいさよふ空に影まちて　曽良《そら》
里をむかふに桑の細道　川水《せんすい》

（芭蕉真蹟懐紙）

この一巻に出て来る句には魅力があって、梅雨時の大石田の景色を描くのに適当に一句から次の句へと続いてゆく。しかし多くの場合、芭蕉自身が加わっている時でさえも、連歌が互いに何の関係もない断片に分解してしまって、列席したものが一つの詩的な鎖に輪を一つずつ足してゆくことよりも、自分が何かうまいことを言うのに熱中していたという印象を与える。その一例に、次に別な連歌の初めの所を挙げてみる。

つゝみかねて月とり落す霽《しぐれ》かな　杜国《とこく》
氷ふみゆく水のいなづま　重五《じゅうご》
歯朶《しだ》の葉を初狩人《はつかりびと》の矢に負《おひ》て　野水《やすい》
北の御門《ごもん》を押《おし》あけの春　芭蕉
馬糞かく扇に風のうら霞み　荷兮　（『冬の日』）

これは残念なことながら、今までに引用したどれよりも連歌としては代表的な型に属するもので、連歌というものがその性質からして傑作が作り難いものであることを思えば、これは止むを得ない。この一例では、或る句は非常に優れているが、句と句の繋りは薄弱であって、第二句で氷の上の足跡を取り巻く白いぎざぎざの線の影像は、それが割れる音と、遠くで雷が鳴るのを聞くのに似た恐怖を連想させることで一層、鮮明なものになっているにも拘らず、この句は連歌全体から言えば、何故そこにあるのか解らない。次の三句は、何れも早春のことを言っている点で外見上は結び付いていて、この時期に狩人は矢を歯朶で飾り、遠方が霞むのもこの季節である。しかしながら、馬糞の匂いを霞に通わせる趣向は稲妻の句のようには成功していなくて、要するに、『水無瀬三吟』のなだらかな美しさを思う時、こういう凝《こ》りに凝った断片を連歌と呼ぶに価するかどうか疑問になって来て、この形式がその後、次第に衰えて遂に消滅したのも頷ける。

連歌が『水無瀬三吟』の域に達するには、少くとも三人の非常に優れた詩人が一体となり、作品全体の完璧を期して、この目的の実現に他の一切のことを出来る限り従属させることが必要だった。その点、我々は演奏者の一人が目立って上手なのが、殊のほか下手なのと同じくらい、全体の効果を損ねることになる絃楽四重奏のことを考えてもいい。前に挙げた一聯の句で「いなづま」のを作った詩人は、その句の出来栄《できば》えに気を取られていたのであり、連歌の達人だったならば、もっと全体の調和のことを念頭に置いて、自分の句で人の注意を惹こうとはしなかった筈である。連歌はその最上の例では、何人かの詩人の精神に次々に生じた影像を表現するために考案された全く類例がない形式なので、それは音楽に似た効果を収める、言わば、詩人の意識の多元的な流れのようなものだった。それが一般に詩と見做されている各種の形式の堅固な構造を欠いていたことは、詩でも、散文でも、構造が弱点になっている日本人にとっては都合がよくて、この形式によって日本人はその抒情を短歌や俳句の狭い範囲に限らずに、また無軌道にもならずに展開させることが出来た。つまり、どの句も次の句に緊密に繫り、詩が高度に暗示的な性格を失わないでいさえすれば、作品の構造を念入りに工夫したり、一つの主題をその結末まで発展させたりする必要はなかったのである。

しかしそのように句と句を繫ぎ合せる技術が失われると同時に、連歌は最初にそれがそうだった単なる遊戯に逆戻りして、一流の日本の詩人には顧みられなくなった。例えば、一茶（一七六三—一八二七）などは俳句を作ることに専念して、俳句は日本人が最も愛好する詩形式になり、これは今日でもそうである。

また、日本の詩で欧米の、殊に影像派に属する詩人達の注意を一番初めに惹いたのも俳句だった。影像派の最初の詞華集に作品が入っている詩人のほとんど全部がこの日本の暗示に富む少数の言葉で出来た詩に魅せられて、その中の或るものはこれを模倣した。(8) リチャード・オールディントンは、

砲声が止んだ或る霜の晩、
私は塹壕の壁に寄り掛って
月や花や、雪の
発句を作っていた。(9)

と書いている。「浮世絵」とか、「木版画」とかいう、それだけで内容の性格が解るような題が付いた幾多の詩集が、俳句がいかにこういう詩人たちの気に入っていたかを物語っている。この一派の、詩を書く仕事は、意見を述べることよりも具体的な影像の表現にあるべきだという主張は、日本の詩に教えられてのことでなくてもよかった訳であるが、日本の詩ぐらいこの説を完全に実行しているものはないのである。

Ⅲ　日本の劇

日本の文学で最も欧米人の注意を惹いたのは劇であって、その美しさと他の国の文学に類例を見ない多様な形式から言ってこれは当然である。今日でも、四種類に大別出来る劇の形式があって、その一つは主に十四世紀及び十五世紀に書かれた作品を上演する能楽《のうがく》、一つは日本の劇作家の中でも殊に知られた人たちが十七世紀及び十八世紀に脚本を書いた人形芝居、一つは十七世紀から最近まで一般人にとっての芝居だった一種の抒情的な劇である歌舞伎《かぶき》、もう一つは新劇で、新劇は初めのうちは欧米の影響が非常に強かったが、現在では独自の発達を遂げて、これも相当に見られるものになっている。

この四つのうちで能は、エズラ・パウンドとアーサー・ウエーリに訳されて最も欧米の読者の関心を惹くことになった。イエーツは一九一五年頃、彼の言葉を借りれば、彼が求めていた「格調が高くて、表現が間接で象徴的な」劇の形式を能に見出し、その後も欧米で能に対する関心が失われていないことは、最近に能がパリとベルリンで上演されたことでも解る。しかし能のどういう性格が欧米の読者や観衆にそのように喜ばれるかを考える前に、能の歴史について一応の説明をしておかなければならない。

能は能力や才能の能と同じで、さらにそこから転じて才能を示すこと、つまり、能を上演することも意味している。しかしこの劇の形式が一般に能と呼ばれるようになったのは比較的に最近のことで、その前は劇の中でもこの殊に貴族的な形式をしたものが猿楽《さるがく》の名で通っていたのであり、この名は或は能の起源と関係があるかも知れない。この猿楽についての最も古い記録によれば、これは歌と踊りに或る程度の身振り狂言を加えた陽気なものだったらしい。一説では、この猿楽の形式はともかく、その名前には中国の影響が見られるということであるが、初期の猿楽はあまりにも原始的な性質のもので、これに外国の影響が認められるかどうかを決めるのは難しい。この名前で呼ばれた催しものは少くとも十世紀には既に行われていて、それに似たものがその前からあったことはほとんど疑いの余地がない。またこれと並んで田楽《でんがく》という別な形式のものがあって、この田楽は十三世紀及び十四世紀に殊に流行し、これは刈入れの祝いなどの農業と縁がある行事から起ったものらしい。そして田楽は各神社と結び付きが出来て、それからは踊りと歌、及び出演者による軽い芝居の複雑な組み合せになったのであるが、十三世紀及びそれ以前に日本で行われていた劇についての今日の知識はきわめて不完全なもので、猿楽と田楽の関係がどういう風になっていたかを確かめることが出来ないのみならず、その何れもしまいには同じようなものになったので、この二つを区別するのも難しい場合が少くない。

とにかく、十四世紀の半ば頃までには能は大体、今日の能の形をなすに至り、能がそれまでの劇形式と違っている主な点は、それまでも歌と踊りと音楽の結合だったものが、能では話の筋があってこの三つの要素を統一していることにある。そして十四世紀の終りには、もとはそうした比較的に単純な演芸だった能が、二人の人間によってその最高の表現にまで持ってゆかれた。この二人とは観阿彌清次《かんあみきよつぐ》（一三三三―八四）とその子の世阿彌元清《ぜあみもときよ》（一三六三―一四四三）である。彼等の手で完成された能は一人の主な役者（シテ）とその相手を勤めるもの（ワキ）、及びこれに附随する役者が数人、全部で大概四、五名と、この他に地謡《じうたい》を合唱する人数がいるという形式を取っていて、各曲の本文は短くて欧米の劇の一幕にも相当しないが、その文句が歌われるのと踊りがあることで一曲が一時間ぐらいかかる。

それでも解る通り、能はいろいろな点でギリシャの劇に似ている。第一に、何れも本文と音楽と踊りで出来ていて、次に、何れの場合も合唱があり、ただ能では地謡が舞台での演技に加わることがなくて、シテが舞っている間にこれに代って語るだけである。また、能でもギリシャの劇と同様に仮面を着けるが、能ではそれがシテやツレに限られていて、殊に彼らが女の役を勤める時にこれを用いる。面を彫るのは日本では重要な美術だったので、能面と能のきらびやかな衣裳は、能の視覚的な効果を増すのに非常に役立っている。

しかしこれに対して道具立ての方は至って簡単で、大概の場合、舞台にあることになっているものを暗示するに止まっている。能の音楽は、少くとも欧米人にとっては、それほど優れたものではなくて、稀にしか一つの旋律をなすに至らず、多くの場合、単に舞台で言われること、或は歌われることを強める役割をするに過ぎない。一曲が一つの重要な段階に達した時には笛が吹かれ、また、幾つかの鼓《つづみ》があって、その或るものは観衆を一層、緊張させるのに効果がある。能をやる建物は小さくて、その特色は橋掛《はしがかり》と呼ばれる、楽屋から観衆の中を通って舞台へ行く廊下が舞台と同じ高さに設けられていることと、磨き立てられた木の四角い能舞台そのものにある。観衆はその三方、或は時にはその二方だけに席を取って、舞台は建物とは別に神社のような屋根で蔽われ、役者は観衆の中を通って、しかし観衆を見降《みおろ》して登場し、舞台に着く前に最初の台詞を言う場合もあって、これは登場人物を観衆に紹介するのに非常に有効な方法であると言わなければならない。

能の本式の上演は八時間もかかるが、もっと短い番組で演じられることもあって、その際には五番の能が十六世紀に定められた順序に従って舞われる。最初の一番が神々のことを扱ったもの、次は武人のもの、三番目は女が主人公になっているもの、四番目に狂人を扱ったもの（或は一般に、現実的な題材のもの）、最後のは妖怪退治、或はとにかく、結末がめでたいものを出すことになっている。能のどの曲も、この五種類の何れかに属していて、それをこの決った順序で上演するのは、初めと展開と結末が揃った一つの全体としての効果を失わないためである。この中で鬘物《かつらもの》と言われる三番目の女を扱った能が最も喜ばれるが、こればかりを出すのは、イタリー歌劇で女主人公が狂乱する場面を五つ、続けざまに五人の女歌手に歌わせるようなもので、全体の効果がそのために損われることになる。

能の各曲は厳粛な、多くは悲劇的な調子で書かれていて、それで観衆の気分の緩和を図るために能の番組の間に狂言を演じる習慣が生じ、その狂言はその前に舞われた能をもじったものであることもあった。そのように能の悲劇的な調子から茶番劇に移り、それからまた能に戻るというのは、観衆の感受性に負担を掛け過ぎるのではないかとも思われ、これは例えば、シェイクスピアの悲劇に喜劇的な要素が同じ目的で入れてあるのとは話が違い、狂言は能と同じくらいの時間がかかり、その中には能をはっきりと嘲笑しているものもある。しかし日本の観衆はこの甚だしい対照も楽しんだもののようである。

しかし全体としては、日本の狂言の滑稽味は欧米人の興味をあまり惹かない性質のもので、能と狂言では、欧米の読者にとっては能の方が遥かに大きな意味を持っている。それでは、どういう点で能はそれに接するものを動かさずにはおかないのだろうか。第一に挙げなければならないのは能の文句であって、これは日本の詩の通例に従って七音節と五音節が交代する形式で書かれているが、能ではそれが他の日本の文学には見られない至高の域に達している。もっと短い形式の日本の詩は、暗示に富むことと鮮明な影像を提供することにかけて、時にはほとんど奇蹟的な効果を収めることがあっても、欧米の読者にとってはすべて偉大な詩の持続的な迫力を欠いているのに対して、能はその作者に全く見事な劇詩を書く余地を与えている。それは或る意味では俳句という、およそ短い形式の詩を拡大したもので、能も或る劇的に最も緊張した瞬間だけを描いて、後は観衆、或は読者の想像に任せるという方法を取っている。またこの点でも俳句と同様に、能も二つの要素から出来ていて、シテが前段で舞い終って退場し、再び後段に登場するまでの間が俳句の切字に相当し、二つの要素を結ぶものについては観衆の方で頭を働かさなければならない。時には、多くの俳句に見られる永遠のものと暫定的なものの交叉もあって、例えば『熊坂《くまさか》』の初めの部分では、旅の僧侶が強盗の熊坂の亡霊に出会い、誰とは言わずに或る人間の後生《ごしょう》を弔うように頼まれ、その晩遅くこの僧侶の前に熊坂が昔の姿をして現れて、その死の模様を激した口調で回顧し、

末の世助け賜《た》び給へと木綿附《ゆふづけ》〔鶏〕も告げ渡る、

（ここで熊坂は手を合せて僧侶を拝む）

夜も白々《しらしら》と赤坂の松蔭に隠れけり、

（ここで熊坂は左の袖で顔を蔽う）

松蔭にこそは隠れけれ。

と語り終る。この曲では、強盗の亡霊と僧侶が出会うのは偶然の、一時的なことであるが、亡霊がその過去から脱して仏果《ぶっか》を得ようと苦悶し続けるのは、いつ果てるとも解らない。

こういう能の背後には、これも俳句でと同様に、禅宗の思想の跡を見ることが出来て、その最も大きな影響は能の形式そのものに、というのは、話の筋が簡単きわまるものであることや、舞台や道具立てがおよそ飾り気がないものであることに認められる。十四世紀、及び十五世紀に日本の文学や美術に多くのものを寄与したこういう禅の思想は、恐らくは観阿彌と世阿彌を通して能に入って来たのであり、この二人は禅の影響を非常に受けていた足利将軍家と密接な交渉があった。能では禅がいろいろな形で取り入れられていて、例えば、大概の曲ではワキは僧侶であり、時には禅宗の用語でその思想を語る。能の中でも優れた一曲である『卒都婆小町《そとばこまち》』では、僧侶ではなくて詩人の小町が、その思想に表現を与えて僧侶たちを圧倒する。

げに本来一物《いちもつ》なき時は、仏も衆生《しゆじよお》も隔てなし。元より愚痴《ぐち》の凡夫《ぼんぶ》を、〱、救はん為の方便の、深き誓ひの願《がん》なれば、逆縁なりと浮かむべしと、懇《ねんごろ》に申せば、真《まこと》に悟れる非人なりとて僧は頭《こおべ》を地につけて、三度礼《らい》し給へば……、（ルビは下掛宝生流謡本を参考にした。以下同）

またこの曲には能全体の中でも美しい詩句が出て来る。これは詩人の小町の話で、この女は若い時には美しいのと、その恋人たちを冷遇することで知られていた。しかしこの曲では、小町は世間のものに見捨てられた老婆になっていて、かつての所業の思い出に悩まされている。その小町に代って地謡がこう歌う。

酔《ゑひ》を勧むる盃《さかづき》は、漢月袖に静かなり。かほど優《いう》なる有様の、いつその程に引きかへて、頭《こうべ》には、霜蓬《そおほお》を戴《いただ》き、嬋娟《せんげん》たりし両鬢《びん》も、膚《はだえ》にかしけて墨《すみ》乱れ、宛転《えんてん》たる双蛾《そおが》も遠山《えんざん》の色を失ふ。百歳《ももとせ》に、一歳《ひととせ》たらぬ九十九髪《つくもがみ》、かかる思ひは有明の、影恥かしき姿かな。

欧米の読者が能に惹かれる主な理由は、このような詩と、型通りの堅固な話の筋にある。イェーツはそのアイルランドの伝説を脚色した作品で能の形式を採用した事情を説明して、「私が舞台での各種の約束や、西欧よりももっと型に嵌った顔や、舞台での動きに加わらない合唱団をアジアに求めるのは当然である。……仮面は私に誰か凡俗な俳優の顔を、……彫刻家の見事な作品で置き換えることを許してくれる。仮面は、……どんなに真に迫ったものであっても、芸術であることに変りはない。……そして顔の動きがなくても少しも損をすることはないので、強い感情は体全体で表されるものなのである」[10]と言っている。イェーツは訳を通して知った能の詩句自体にも、彼にとって非常に興味がある象徴の組み合せを幾つも発見した。しかしウエーリの優れた訳でも、能の詩の美しさを全部移すことは出来なくて、能の評価はその原文に即して行うほかない。

能で用いられている各種の文体にも、ギリシャの劇との類似点が認められる。能でも、普通の場面と感情が高潮に達した場面では文体が違って、これはギリシャの劇で役者の台詞と合唱の部の韻律が違うのと同じである。能では、普通の場面は散文で書いてあって、これは当時の口語に非常に近いものだったに違いないが、歌われる部分の詩はおよそ複雑で難解であって、古典からの引用や地口《じぐち》、殊にこの前に説明した掛詞が至る所に出て来る。その一例に観阿彌が書いて世阿彌が改作した『松風《まつかぜ》』からの一節をここで取り上げて見てもいい。これは在原行平《ありわらのゆきひら》が須磨の浦に侘《わ》び住《ず》まいしている時にその寵《ちょう》を受けた二人の女、松風と村雨《むらさめ》の話で、前段では一人の行脚僧《あんぎゃそう》が、二人が海から海水を汲んで来るのを見て、その家に宿を求める。そして二人の正体が解り、後段ではシテの松風が行平が残して行った狩衣《かりぎぬ》を着けて昔語りをする体《てい》で舞い、地謡が松風に代って次のように歌う。

起臥《おきふしわ》分かで枕より、跡より恋の責めくれば、せんかた涙に、伏し沈む事ぞ悲しき。

この一節の効果は掛詞が一つと、歌一首の引用から生じていて、その歌というのは『古今集』にある、

枕よりあとより恋のせめくればせんかたなみぞ床中《とこなか》にをる

というものである。

ここでのような深い悲しみが語られている際に、この明るい歌を出すのは心理的にきわめて有効な手段であって、これと同様に場違いな詩を活用している例は『ハムレット』でオフェリアの狂乱の場面にも見られ、またエリオットは『荒地』でかなり卑俗な一節の終りにそのオフェリアの台詞にある、「お休みなさいませ、奥様方。お休みなさいませ、皆様。お休みなさいませ」を引用している。

前に挙げた一節での掛詞の用い方も卓抜で、「せんかたなみ」の「なみ」が「涙」に掛けられ、こうした女の窮境が涙に、一つの影像が次のに移ったのに、我々はほとんど気付かない。

こういう詩句が当時の観衆にどの程度に理解されたかということについては、ウエーリは古歌、殊にその中でもたびたび朗詠されるものは誰もが知っていたから、能に対する理解も我々が考えているよりは遥かに行き渡っていたのだと説いている。しかし能が古歌の引用や言葉の上での技巧に敏感であるのに必要な訓練を受けた宮廷人だけのものに次第になっていったことは事実であって、中流階級、及び下層階級は、彼らが主な観客である劇作品が書かれるようになるのに十六世紀の終りまで待たなければならなかった。この時に現れた新しい形式に、劇的な効果には素晴しいものがあっても、本質的には文学と言い難い歌舞伎と、私の考えではそれよりも遥かに重要な文学形式である浄瑠璃《じょうるり》、或は人形芝居があった。人形芝居の長い伝統があるのは日本だけではないが、日本以外の国では人形芝居が最高の芸術になるようなことはなくて、ヨーロッパのは俳優に演じさせるために書かれた作品の翻案か、でなければ単に工夫を凝らすことで人を面白がらせるのが目的の軽い性質のものに過ぎない。しかし日本ではこれが優れた芸術家の表現の手段に用いられたので、日本の最大の劇作家である近松（一六五三―一七二四）はその名作の全部をこの形式で書き、人形芝居が昔ほどの人気がなくなった今日でも、これは俳優が演じる芝居と充分に比較出来る芸の高さを保っている。

浄瑠璃と能では表現の方法の上で多少、違う点があっても、前に能がなかったならば、浄瑠璃の出現は考えられない。仮面の伝統があったことは観衆に人形の無表情な顔を受け入れやすくし、能で地謡がシテに代って歌うのが、そのまま人形芝居で太夫《たゆう》が人間に代って語るのに受け継がれた。事実、浄瑠璃の初期には、人形の作り方もまだ粗雑だったにも拘らず、浄瑠璃の方が能よりも解りやすいだけでなくて写実的な印象をさえ与えたので、これは一六四七年に人形芝居を見に行った幕府の儒者《じゅしゃ》、林羅《はやしら》山《ざん》がそのことを書いているので解る。

彼によれば、木で作った人形が、男女、僧俗、鬼神、兵士、人足などの服装をし、芸人もあって踊ったり、扇や太鼓で拍子を取ったりし、或るものは飛び跳ね、或るものは歌を歌いながら舟を漕ぎ、或るものは戦場で斬られて首が胴から離れ、或るものは士《さむらい》の服装をし、或るものは矢を放ち、或は棒を振り廻し、或は旗や傘を持って歩いた。また、竜や、蛇や、鳥や、尾から火を出す狐もあって観衆を驚かせ、人形は生きているとしか思えなかったそうである。そして確かに、これは能の暗い調子の詩や動きが緩慢な舞いよりも陽気な印象を与えたのではないかと思われて、日本の怪談によく出て来る狐火の趣向なども、その写実的な効果で観衆の関心を惹くことを狙ったものに違いない。また、羅山は人形が生きているようだったと言っているが、そういう安易な写実主義が観衆を喜ばせたのは事実だったとしても、これは人形芝居の発達に重要な役割を演じたすべての人々に拒否されて、その発達の歴史は写実主義から遠ざかってゆくことに尽きるとさえ言える。例えば、人形の操り方であって、これは初めのうちはヨーロッパの人形芝居でと同様に、人形に糸を付けて上から動かし、或はもっと普通の方法では、人形の胴の中に手を入れて下から持ち上げて、観衆には人形遣《つか》いが見えない工夫がしてあった。また、人形がものを言っているような感じにするために太夫も蔭で語った。

しかし時とともに人形はだんだん大きなものになっていって、しまいには実際の人間の三分の二位になり、その構造にも変遷があって、主な人形を動かすには三人の人間を要するに至って、これが舞台に出て人形を操ることになった。また、太夫も舞台に出て語った。我々が人形芝居の写真などでどの人形にも派手な、或はまた、地味な装束の三人の人形遣いが付き、太夫や地方《じかた》が舞台に並んでいるのを見ると、それでどうして人形が芝居をしている感じが保てるのかと思う。また、既に歌舞伎の脚本を書いて成功していた近松のような偉大な劇作家がこの奇妙な形式に専心するに至り、日本の観衆が少くとも百年間は他のどういう形式の劇よりもこの人形芝居に熱中したのが不思議になる。

それについては、ヨーロッパでは人形をなるべく生きた人間の感じに近づける努力がなされて来たのに対して、日本では今日でも俳優が人形の動作を見習っているということがある。人形芝居は、能と同様に、写実主義に背を向けることでその最高の劇的な表現に達したのだった。ヨーロッパの一流の操り人形はほとんど人間のような感じがする。これは、人形遣いの芸が上達すればするほど、指の練習になるということ以外には、人形を動かすことが意味がなくなるということであって、人形からその非人間的な性格を奪うことでヨーロッパの人形芝居は芸術である資格を失ったのだった。イエーツも言っている通り、「すべて想像力による表現は或る距離を置き、この距離が決れば俗世間がこれを侵すのを堅く禁じなければならない」のであって、能や日本の人形芝居の秘訣もそこにある。日本の劇作家たちは我々と舞台の間に或る距離をおいて、そうすることで我々を彼等の特異な世界に連れて行ってくれる。

日本の人形芝居が、眼識があるヨーロッパ人にどれだけのことを意味するものであるかは、フランスの詩人、ポール・クローデルがそれについて書いていることに見ることが出来て、彼はこう言っている。「俳優はいかに才能があるものでも、彼が勤めている役に或る異質な、何か或る下らない要素を加えることで我々の邪魔をし、彼は変装している彼であることを止めない。そこへゆくと、人形には作品がそれに与える生命しかなくて、芝居が始まって人形は息をし始める。それは我々が一つの影に、その影がしたことを一つ一つ話して聞かせることでこれに生命を吹き込み、こうして初めは或る記憶に過ぎなかったものが次第に一つの存在になってゆくようなものである。それは台詞を言っている俳優ではなくて、舞台に立った言葉であり、この木で出来たものはそのために語られる言葉を体現する。……浄瑠璃は、能とは違った方法で同じ目的を達している」[11]。

クローデルが人形芝居の性質について言っていることから察しても、近松がそのために書く道を選んだのは不思議ではない。彼は何よりもまず、俳優が彼らに与えられた台詞を単に各自の特技を見せる口実と考えていたのに対して、そんな風に自分が書いたことを勝手に出来ない劇形式を求めたのであり、人形芝居の将来についての彼の見通しが、脚本を俳優よりも人形に演じさせた方がいいことを彼に確信させた。しかし彼は、人形芝居には特殊な書き方をしなければならないことを充分に承知していた。「惣《そう》じて浄るりは人形にかゝるを第一とすれば、外《ほか》の草紙《さうし》と違《たが》ひて、文句みな働《はたらき》を肝要とする活物《いきもの》なり」（前出「『難波土産』発端」）と彼は言っている。「殊に哥舞妓《かぶき》の生身《じん》の人の芸と、芝居の軒をならべてなすわざなるに、正根《しやうね》なき木偶《にんげう》にさまぐ〵の情《じやう》をもたせて見物《けんぶつ》の感をとらんとする事なれば、大形《おゝかた》にては妙作といふに至りがたし」。

そして近松が人形芝居のために書く技術を完全に身に付けるに至ったことは、浄瑠璃の歴史で最も華やかな一時期である一七〇五年から一七二五年にかけて彼が書いた幾多の作品が示す通りである。

近松の時代にも、劇作家や演出家は写実主義に徹すべきであると考える批評家がいたようである。近松はそれが人形芝居のみならず、歌舞伎の芸にも背くものであることを理解していて、それについて『難波土産』に彼の次のような談話が残っている。

　ある人の云《いはく》、今時の人はよく〱理詰の実《じつ》らしき事にあらざれば合点せぬ世の中、むかし語《がた》りにある事に、当世請《うけ》とらぬ事多し。さればこそ哥舞妓《かぶき》の役者なども兎角《とかく》その所作《しよさ》が実事《じつじ》に似るを上手《じやうず》とす。立役《たちやく》の家老職は本《ほん》の家老に似せ、大名は大名に似るをもつて第一とす。昔のやうなる子供だましのあじやらけたる事は取らず。

近松答《こたへて》云、この論尤《もつと》ものやうなれども、芸といふ物の真実のいきかたを知らぬ説也。芸といふものは実《じつ》と虚《うそ》との皮膜《ひにく》の間《あいだ》にあるもの也。成程《なるほど》今の世《よ》実事によくうつすをこのむ故、家老は真《まこと》の家老の身ぶり口上《こうじやう》をうつすとはいへども、さらばとて真の大名の家老などが立役のごとく顔に紅脂白粉《べにおしろい》をぬる事ありや。又真の家老は顔をかざらぬとて、立役がむしや〳〵と髭は生《はえ》なり、あたまは剥《はげ》なりに舞台へ出て芸をせば、慰《なぐさみ》になるべきや。皮膜の間といふが此也《こゝなり》。虚にして虚にあらず、実にして実にあらず、この間に慰が有るもの也。是に付《つい》て、去ル御所方《ごしよがた》の女中、一人の恋男ありて、たがひに情《なさけ》をあつくかよはしけるが、女中は金殿《きんでん》の奥ふかく居給ひて、男は奥方《をくがた》へ参る事もかなはねば、ただ朝廷なんどにて御簾《みす》のひまより見給ふもたまさかなれば、余りにあこがれたまひて、其男のかたちを木像にきざませ、面躰《めんてい》なんども常の人形にかはりて、其男に毫《うのけ》ほどもちがはさず。色艶《いろつや》のさいしきはいふに及ばず、毛のあな迄をうつさせ、耳鼻の穴も口の内《うち》歯の数迄寸分もたがへず作り立《たて》させたり。誠に其男を傍《そば》に置《をき》て是を作りたる故、その男と此《この》人形とは神《たましゐ》のあるとなきとの違《ちがい》のみ成《なり》しが、かの女中是を近付て見給へば、さりとは生身《いきみ》を直《すぐ》にうつしては興のさめてほろぎたなく、こはげの立《たつ》もの也。さしもの女中の恋もさめて、傍に置給ふもうるさく、やがて捨《すて》られたりとかや。是を思へば、生身の通りをすぐにうつさば、たとひ楊貴妃《やうきひ》なりともあいそのつきる所あるべし。それ故に画《ゑ》そらごとゝて、其像《そのすがた》をゑがくにも、又木にきざむにも、正真《しやうじん》の形を似する内に、又大まかなる所あるが、結句《けつく》人の愛する種とはなる也。趣向も此ごとく、本の事に似る内に又大まかなる所あるが、結句芸になりて人の心のなぐさみとなる。……

近松は人形芝居でこの虚と実の間の線を正確に守る術《すべ》を心得ていた。彼の作品の中で最も知られている『国性爺合戦《こくせんやかっせん》』には、人形による様式化があるからこそ観衆も見ていられるおよそ残酷な場面が幾つかあり、もしそのようなことが実際に舞台で行われていると思うことになれば、神経がよほど太い人間でなければこれに堪えられるものではない。また一方、近松はそれと同じ方法で観衆に真偽の詮索《せんさく》を一時的に止めさせることが出来て、こうして本質的には非現実であるものの中に現実味を生じさせている（真偽の詮索を一時的に止めることに、欧米の観衆は勿論、馴れている）。例えば、『国性爺合戦』には主人公が虎と格闘する所が出て来て、これは脚本で読めば実感を欠き、舞台でそれを俳優が演じることになれば、虎はその皮を被《かぶ》った二人の人間で、そのようなものとの摑み合いを観衆が真《ま》に受ける訳がない。それが舞台で通るためには、近松が主張した実の要素がもっとそこになければならないのであるが、人形芝居では、虎は主人公に劣らず現実味があって、人形が人間に代って芝居をしているという本質的な非現実を受け入れた観衆は、木偶《でく》の虎も受け入れるのに苦労することはない。こうして同じ芝居で、人形は見るに堪えないような場面を非現実の印象で救い、滑稽でしかないものになり得る場面に現実味を持たせて、何れもその効果は現実でもなければ、非現実でもなくて、近松が求めたその中間の状態であり、またそれはイエーツが、想像力による表現は観衆との間に或る距離を置くと言った時に指したものなのである。

以上のことから察せられる通り、日本の人形芝居というのは非常に多くのことを作者に要求する表現形式なので、脚本が第一級のものである限り、その価値はクローデルが言うように言葉の体現である人形によって演じられることによってさらに大きなものになる。しかし同じ条件の下では、出来が悪い脚本の欠点も一層はっきりすることは免れなくて、それは脚本を生かすために銘々の個性を全く犠牲にし、自分の役を解釈するとか、これに血を通わせるとかいうことを少しもしないで、ただ与えられた台詞を間違いなく言うことに専念する劇団の演技に似ている。もしそういう形で上演するのがシェイクスピアの作品ならば、必ずそれだけの効果があるに違いないが、大概の劇作家が書いたものはそれではどうにもならなくて、人形芝居にはそれがいつもあり、脚本の欠点を補う優れた役者の個人的な魅力も才能も、人形芝居では期待出来ない。

近松の浄瑠璃の脚本が、その中には幾つかの傑作があるにも拘らず、読んで面白いとは限らないのは、それが人形芝居の特殊な条件を絶えず念頭に置いて書かれているからである。能の低音の世界と違って、ここには念入りに工夫された台詞や心理描写その他があり、これは人形芝居で用いるのに非常に適している。そして近松は『国性爺合戦』のような勇壮なもののみならず、当時の出来事に取材した家庭生活上の悲劇も書いている。これに登場する人物は、商人、番頭、盗賊、遊女などの中流、或は下層階級の男女で、それが出て来るのは紛れもない人形芝居であっても、その脚本が『国性爺合戦』風のものよりも役者が舞台で演じるのに向いていることは説明するまでもない。普通の芝居の舞台では、人間と虎の格闘は無理であるが、借金でどうにもならなくなった商人と遊女の悲恋を役者が演じれば、役者が扮《ふん》している人物に観衆の間の距離を縮めることで一層の人情味を加えることにもなる。しかしその場合、警戒しなければならないのは、こうして一歩を譲ることで写実主義の誘惑にかかり、韻文の台詞がもっと「自然な」散文で置き換えられ、道行《みちゆき》のような一つの型に嵌った部分が廃されて、要するに、近松の作品の代りに、彼が拒否した種類の写実主義に即したものが出来上ることである。

近松の時代には、彼が書いたもので最も人気があったのは、彼の作品の中でも豊富な想像力を駆使して書かれた『国性爺合戦』だった。これはその初興行の十七ヵ月間に、その興行があった当時は人口が三十万を越えなかった大坂[12]で、二十四万人の観衆を集めたという記録が残っている。この芝居を真似たものも幾つか出来て、そのうちにこれは俳優が舞台でやるために翻案された。しかしその頃は俳優の方が人形芝居による様式化を少しでも保ちたくて、人形の動作を真似るようになり、イエーツは日本の俳優がそういう風に演技するのを見てこれに魅了され、その『鷹の井戸で』という作品では、登場人物はすべて操り人形の動きに倣《なら》うことと卜書で指示している。

人形芝居は日本でそのうちに役者の芝居に人気を奪われたが、能と同様に主に通人《つうじん》のために、今日でも或る程度の興行が続けられている。能と浄瑠璃を比較すると、能の方が詩的な表現形式で、浄瑠璃よりも調子が数段、高いものであり、冷たくて整っている点では殆どアイスキュロスの悲劇を思わせる。或は、ヨーロッパの音楽に喩《たと》えて言えば、能はモンテヴェルディやヘンデルの歌劇のようなもので、美しくて迫力があるが、それほど劇的であるとは言えない。能を見に行った欧米人を退屈させるその緩慢な動きは、ヘンデルの長い歌曲と同じ役割を果すもので、それは話の筋を進めるのでなしに、登場人物について言葉だけでは表せないものを我々に伝えるためなのである。そして浄瑠璃はグルック、或はモーツァルトのものに似ている。この点については、モーツァルトの初期の歌劇が操り人形を使って上演されて成功を収め、彼の『コジ・ファン・トゥッテ』が操り人形のために書かれたようだと批評家によく言われるのは興味があることで、こういう歌劇では、能に対する浄瑠璃と同様に、言葉と音楽の融合により多くの注意が払われ、観衆に次に何が起るか期待させるのに一層の努力がなされている。しかしそれでもまだ或る様式化と気高さが残っていて、それがさらに後の時代の歌劇では失われ、これは浄瑠璃のそういう性格が歌舞伎では薄れていったのと同じである。グルックのユウリディケがオルフェウスに、どうしても振返って彼女の方を見るように言うのは、我々には遠い、美しい存在であるが、ワグナーのヴォータンがヴァルハラ宮殿でフリッカと夫婦喧嘩をしているのは、何か卑俗な感じがする。

もっとも、我々はこれ以上にこの比喩を押し進める必要はなくて、これはもともとあまり正確なものではないのである。とにかく、能と浄瑠璃は上演されるのを見てその味が初めて本当に理解出来るのであるが、これは何れも音楽が主になっている演芸の台本なのではない。明らかに、詩劇なのであって、欧米の劇作家が詩劇に向う気配を示している今日、日本の劇がその面でなし遂げたことから多くのことが学べるのではないかと思われるのである。

Ⅳ　日本の小説

小説は日本では他のどこの国よりも長い歴史があって、その或るものはどこの国のものにも稀にしか見られない域に達している。小説というものの定義自体がおよそ明確を欠くということもあって、日本で最初の小説がいつ書かれたとするかは難しい問題であるが、例えばもしここで、小説というのは散文で架空のことを扱った百ページ以上の作品という風に便宜的に断定するならば、日本では既に十世紀に小説が書かれていて、それ以来、今日に至るまで小説の伝統が続いていると言える。

日本の小説の起源は二重であって、その一つは最古の文献に見られる挿話や物語であり、これはその多くが民間伝承の一部をなして、代々語り継がれて来たものらしい。またその他にも、仏教とともに日本に入って来た中国やインドの話があって、これは長さが数行から十数ページのものまでで、その内容もいろいろであるが、その大部分が宗教と縁がある話であるから当然、これは超自然的な事柄を扱ったものが多い。

こういうものが日本で小説が書かれるようになった背景の一部をなしていて、そのもう一つの重要な起源は日本の詩にある。前にも、多くの日本の詩が難解であることに触れたが、普通に用いられる詩形がきわめて短いものなので、詩人はその範囲内でなるべくいろいろなことを暗示したくて、詩を理解するのに当然なくてはならない事柄まで詩から省くことがあった。そのためか、初期の詩にはその前に、それが作られた事情を説明する散文の短い序文（詞書《ことばがき》）が付いていることがよくあり、それで例えば、もし序文に詩が誰か船出する友達に贈ったものだと書いてあれば、ただ揺れるという意味の言葉が詩に出て来るのは他のどういうことでもなくて、船が揺れることを指しているのだということがはっきりする。時には、序文の方が詩よりも長いことがあり、詩人が単に序文で自分の妻が死んだと言う代りに、その妻に対する思慕の情を述べるというようなことがあるのは容易に理解出来る。そうすると、それに続く詩は人生の果敢《はか》なさとか、何かその種類の適当な事柄を歌ったものになり、それがどういう事情で書かれたかが解っているので読者の興味が増すことにもなる。それでもっと後の時代になって、誰か有名な詩人が残した作品を見付けてこれを編集する仕事に掛ったものが、その詩人について聞いたことや、或は自分自身の直覚でその歌の一つ一つについてその背景をなしている事情を説明しようとすることは、これも容易に想像出来る。十世紀に書かれて在原業平《ありわらのなりひら》の作と伝えられている『伊勢物語《いせものがたり》』は、或はそういうことで成立したのかも知れなくて、これは百二十五の挿話が何れも、一つ或は幾つかの歌を中心に語られている。それを統一する構想がこの物語にある訳ではなくて、ただもしその無名の主人公が事実、在原業平であるならば、我々は『伊勢物語』を、その散文の部分が歌の説明になっている一種のダンテの『新生』に似た作品と考えることが許される。しかしその構成がいかにも緊密を欠き、話と話の間にも連絡がないので、例えば、シェイクスピアの十四行詩についても時折試みられるように、この物語を一つの纏《まと》まった話に作り直すことは出来ない。

この歌物語の題材は(もしこういう作品を歌物語と呼ぶならば)、日本の古い伝奇《でんき》的な話と違って日常生活から取られている。ここに出て来る話の多くは、一人の貴族がどこか遠くに狩に出掛けて村の娘と恋愛をするという筋のもので、この物語の文体や、話の中に歌が取り入れてある具合を示すために、次にその一段を掲げる。

むかし、おとこ、片田舎にすみけり。おとこ、宮づかへしにとて、別れおしみてゆきにけるまゝに、三年《みとせ》こざりければ、待ちわびたりけるに、いとねむごろにいひける人に、今宵あはむとちぎりたりけるに、このおとこきたりけり。この戸あけたまへとたゝきけれど、あけで、歌をなむよみて出《いだ》したりける。

あらたまの年の三年を待ちわびてたゞ今宵こそにゐまくらすれ

といひいだしたりければ、

梓弓《あづさゆみ》ま弓槻弓《つきゆみ》年をへてわがせしがごとうるはしみせよ

といひて、去《い》なむとしければ、女、

梓弓引けど引かねど昔より心は君によりにし物を

といひけれど、おとこかへりにけり。女、いとかなしくて、しりにたちてをひゆけど、えをいつかで、清水《しみづ》のある所に伏しにけり。そこなりける岩に、およびの血して書きつけける。

あひ思はで離《か》れぬる人をとゞめかねわが身は今ぞ消えはてぬめる

と書きて、そこにいたづらになりにけり。

ここに出て来る四つの歌を読めば、それだけで話が一応解るが、それに付いている散文の説明があった方が、なおはっきりする。或は、歌についてのそういう注釈の意味でこの物語は最初書かれたのかも知れないのである。

この二つの起源、というのは、伝奇と歌物語の二つを明確に示している初期の小説に『宇津保物語《うつぼものがたり》』がある。その初めの方は、琴を作る珍しい木を求めて一人の琴の名手がペルシャまで行く話で、いろいろな冒険の後にこの男は遂にその木を探し当てるが、それを怪物が守っていて、超自然的な力の助けを得てようやくその木を手に入れて日本に帰り、そこで幾つかの名器を作る。この部分は、古来の伝奇的な話の要素が勝っている。しかし後半では、貴宮《あてみや》という上臈《じょうろう》とその恋人たちが小説の中心になり、話がずっと現実的になって、この部分では歌物語の影響が非常にはっきりしている。『宇津保物語』には歌が九百八十六首も出て来て、その散文に対する比率は『伊勢物語』にほとんど匹敵するものであり、そんな風に二通りの影響が消化されないままに同居している点でも、これは奇妙な作品である。しかし終りに近づくに従って、それが相当な迫力を持つに至り、作者がこの小説という新しい形式のものを書くのに自信が付いて来たようで、これはその意味では、初期の日本の小説が発達していった歴史を物語るものであり、『伊勢物語』と一〇〇〇年頃に書かれた『源氏物語』の中間を示す、進化の鎖の貴重な輪の一つをなしている。

一九二五年にウエーリの訳による『源氏物語』の第一巻が出た時、欧米の批評家たちはその規模が雄大なのと、そこに窺われる彼等がそれまで想像もしなかった世界に圧倒された挙句に、彼等にもっと馴染《なじ》みがある文学でこれと比較出来る作品を血眼になって探した。『源氏物語』は『ドン・キホーテ』に、『デカメロン』に、『ガルガンテュアとパンタグリュエル』に、『トム・ジョーンズ』に、また『アーサー王物語』さえもに、というのは要するに、『白鯨《はくげい》』など二、三の重要な例外を除いては、欧米で書かれた大概の小説の名作に擬《ぎ》せられたのだった。そういう比較がどの程度に当っているかは、この『源氏物語』という小説の性質とその作者、紫式部《むらさきしきぶ》の性格について考察することによって明らかにされる筈である。

『源氏物語』は、私が今まで日本の文学の性格について述べて来たことの正反対であるように思えるかも知れない。これは短い形式に圧縮された作品であるどころではなくて、その長さは大概の版で二千五百ページに及んでいる。もっと古い小説でも『宇津保物語』のようにかなり長いのがあるが、その多くは構成が拙劣であるために一篇の小説が幾つかの、ほとんど独立した部分の繋ぎ合せになっているのに対して、『源氏物語』は欧米の小説の観念に従って構成されてはいない代りに、日本の美術の重要な一部門をなしている絵巻物の形式をなしていると言える。絵巻物もよく数人の人物がいるだけで始まり、それが次第に非常に複雑で活気がある場面に展開してゆき、また次第に人物の数が減って何人かになり、次に馬が一頭、最後に兵隊が一人、霧に半分隠されて立っているという具合になっている。『源氏物語』はその構想が大規模であるのと手法がしっかりしている点で、確かに日本の文学の中で異色の作品であるが、これは同時に明らかに、純粋に日本の伝統の産物である。それはそれ以前にあったものの集約であるとともに、その本質的な価値がこれを日本の文学で最大であるのみならず、その最も典型的な作品にしている。この小説はそれが書かれた当時に既に古典の扱いを受けて、天皇や学者その他、およそいろいろな人たちに愛読され、註釈されて、他の多くの文学者や芸術家に影響を及ぼした。そして十七世紀になって、戦乱が何百年も続いた後に再び平和と繁栄が日本に戻って来た時、富裕な商人はその生活の規範を『源氏物語』に求め、小説家は銘々の『源氏』を書くことで六世紀間の陰惨から脱した。今日でも『源氏物語』の伝統が生きていることは、或は現在の日本で最も優れた小説家と言えるかも知れない谷崎潤一郎にこの小説が及ぼした影響からも解る。また、ウエーリの名訳によって欧米の読者もこの小説を読んで、これが世界で最初であるのみならず、最大の小説の一つであるのではないか、自分で考えて見ることが出来る。

作者の紫式部（九七五？―一〇二五？）についてはあまり多くのことが知られていないが、さいわい、その日記（『紫式部日記』）が残っていて、式部の性格についていろいろと教えてくれる点で興味がある。彼女はその日記で自分自身についてこう書いている。

いと艶《えん》にはづかしく、人見えにくげに、そば〳〵しき様して、物語このみ、よしめき、歌がちに、人を人ともおもはず、ねたげに見落さむものとなむ、みな人々いひおもひつゝ悪《にく》みしを、見るには、あやしきまでおいらかに、こと人《びと》かとなむ覚ゆるとぞ、みないひ侍るに、はづかしく、人にかうおいそけものと見劣されにけるとは思ひ侍《はべ》れど、唯これぞ我が心とならひもてなし侍るありさま、宮の御前《おまへ》も、いとうちとけては見えじとなむ思ひしかど、人よりけに睦《むつま》しうなりにたるこそと、宣《のたま》はするをり〳〵侍り。

我々も『源氏物語』を読んでいるうちに、その作者についていろいろなことが解って来る感じがして、殊に歌を一首掲げた後に、

勝《すぐ》れたる御労《おんらう》どもに、かやうのことは堪へぬにやありけむ、思ふやうにこそ見えぬ御《おん》口つきどもなめれ。

と作者として謙遜している所などは、我々にその人柄を思わせる。式部は明らかに、非常に優雅で洗練された女だったので、自分に天才があることを自覚し、またそのために人に憎まれたことも想像出来る。そしてこの時代には、小説家としては彼女に並ぶものがなかったが、他に詩人、また、随筆家で優れた女が何人かいた。事実、これは女の文学の時代だったのであって、それは主に男が漢文や漢詩を書き、この時代の精神を日本語で表現する仕事を女に任せたからだった。『源氏物語』は一つの社会を描いた小説で、それは文明の極点に達して頽廃《たいはい》の気配さ

え見える十世紀の日本の宮廷がなしていた一つの社会である。しかしそれで我々は、その作者が当時の状態を写実的に扱っていると思ってはならないので、むしろこれは必ずしも実在したのではない社会を追想する形で書かれている。作者はこの小説で語られていることが、いつとは指定してない昔に起った出来事であると言っていて、それが既に消え去った或る黄金時代の姿として眺められている。この小説で扱われている期間内でさえも、小説の調子は終りに近づくに従って暗くなってゆき、主人公の源氏の死後は、その代りに登場する若ものたちは単に好ましいというだけで、当時の日本の宮廷に実際にいたような人たちでしかない。そういう点でこの小説は、多くの日本の詩に見られるのと同じ時間の経過のどうにもならない意識に即して書かれている。源氏の生涯を彩った美と豪奢《ごうしゃ》も次第に消えてゆき、源氏が何か殊に優雅な踊り、或は咲き誇った桜の花が散るのを眺めている間も、それがやがてはなくなるのだという、ほとんど苦痛に似たものを伴った考えがいつもそこにある。或は、源氏が田舎に出掛けて行って、どこかの大きな屋敷が荒れ果てて雑草が生えるのに任せてあるのを見れば、自分が現に建てさせている立派な邸宅もいつまであるものか解らないと思わずにはいられなくて、この小説のもっと先の方では、かつては彼の恋人だった女の顔に光線が差し、自分以外のものにはただそこに一人の中年の女がいるだけのことであるのに気が付く時、この時間の意識はその最も切実な表現を与えられる。

この小説は滑稽味もあり、充分に魅力があるものでもあるが、全体の調子は暗くて、これは主にそういう時間の経過に対して人間が無力であることが強調されているためである。それはワットーの絵の或るものに似ていて、そこに描かれている女とその恋人の美しい情景の背後に、我々は何か壊れやすくて悲痛なものを感じないではいられないのを思わせる。この哀調は『源氏物語』ではあまりに顕著なので、我々は批評家たちが何故これを『トム・ジョーンズ』とか、『デカメロン』とかいうような小説に比較する気になったのか解らなくなる。これは恐らく、単にこの小説に出て来る恋愛沙汰の数からの連想でそういうことになったのであるが、源氏が恋をする女たちと、フィールディングやボッカチオの小説に登場するのとでは何という違いだろう。源氏の女たちは、それが葵上《あおいのうえ》のように気位が高くても、夕顔のように謙遜でも、或は六《ろく》条御息所《じょうのみやすどころ》のように男を一人占めにしたい質《たち》でも、花散里《はなちるさと》のように素直でも、何れも全く驚くほど思いやりがあって遠慮深い。『源氏物語』で描かれている社会は、我々には想像出来ないくらい、洗練されたものだったので、そこで人々がする話はへンリー・ジェームズの小説に出て来るどんな対話にも劣らず難解であり、それが大概は詩の形でなされるのである。恋愛は例えば、『トム・ジョーンズ』で扱われているような血の気が多いのと違って、恋人たちが互いに相手にとってのすべてではあり得ないことを認めていることから、快楽よりも苦痛を多く伴うのが普通のことになっている。その恋愛の進行も、欧米の小説で我々が馴れているのとは非常に違った性質のもので、男が女に会って好きになるという具合には決してならず、男が女に会えるのは、二人がきわめて親しい仲になってからのことだった。男が女に惹かれるのは、その女の住居を夜通った時、女が何か楽器を弾いているのが聞えて来るとか、女の筆蹟を一目見るとか、或はただ女の名を知るだけのこととかによってなのであって、それで男は女に本気で懸想《けそう》し、女が承知するまでその後を慕い、その間、女を或は夜、蛍の明りで一度見たりすることがあるかないかなのである。

『源氏物語』を読んでいる時、欧米で書かれたもので頭に浮ぶ唯一の作品は、プルーストの『失われた時を求めて』である。この二つの間には、例えば人とか事件とかを、まず何気ない様子で持ち出しておいた後で、暫くしてからこれを交響楽の要領で全面的に扱うというような、手法の上での著しい類似が認められる。しかしそういう技巧的なことよりも、この二つには或る共通の大きな主題があって、それは一つの貴族的な社会の消長であり、何れの場合にもその社会では貴族が狩をしたり、釣をしたりするのでなしに、音楽に堪能であるとか、洗練された趣味の持主であるとか、才気煥発の話上手であるとかいうことで人に尊敬されている。またそれは、生れとか肩書とかにひどく執着する、そういう点についておよそうるさい社会で、例えば、『源氏物語』に出て来る或るお姫様は、何れは天皇の妃になるべく大事に育てられていて、或る日のこと、自分が都ではなくて田舎で生れたのだという、それまでひた隠しに隠されていた事実を知ってものも言えなくなる。もしゲルマント公爵夫人が自分がどこか郊外の工業地帯で生れたことを知ったなら、同じくらいに驚いたに違いない。また、この二つの小説は何れも時間の経過と、それが一つの社会に及ぼす影響を飽きずに描いている。プルーストは紫式部よりも遥かに残酷で、何人もの恋人たちにその身上《しんしょう》を潰《つぶ》させたヴィルパリジス夫人は皺だらけの婆さんになり、あのいやらしいヴェルデュラン夫人がゲルマント公爵と結婚する。しかし紫式部はそういうことは書かなくても、その点を強調することにかけてはプルーストと同じで、若い伊達男たちが勿体振っていて退屈な政府の要人になり、気高い上臈がお喋りの婆さんに変る。小説の登場人物の中で紫式部が本当に愛着を持っている者に対しては、この作者はプルーストよりも思いやりがあって、そういう人物が年を取って不愉快になる前に死なせている。プルーストが彼の小説に最初に出て来る時は、豪奢そのものである貴族の社会を、なり上がりものと目も当てられなく老いぼれた貴族のみじめな集団に変えて見せるのに対して、紫式部はその社会を、これを描いた絵巻物の空白の部分に漸次《ぜんじ》に姿を消させてゆき、ただところどころに昔の色が褪せた人物を残してこの社会の凋落《ちょうらく》を示している。

この作者は『源氏物語』の有名な一節で、小説というものについて自分が持っていた考えを述べている。それは上臈の一人が或る物語を読み耽《ふけ》っているのを見て、源氏が初めはからかい、次にこういうのである。

こちなくも聞え貶《おと》してけるかな。神代より世にあることを、記し置きけるなゝなり。日本紀《にほんぎ》などは唯かたそばぞかし。これらにこそ道々《みちみち》しく委《くは》しきことはあらめ。……その人の上とて、ありのまゝに言ひ出《い》づることこそなけれ、善きも悪しきも、世に経《ふ》る人の有様の、見るにも飽かず、聞くにもあまることを、後の世にも言ひ伝へさせまほしき節々を、心に籠《こ》め難くて、言ひ置き始めたるなり。善きさまに云ふとては、善きことの限《かぎ》り出でて、人に随《したが》はむとては、又悪しきさまの珍しきことを取り集めたる、皆かたぐ＼につけたる、この世の外《ほか》の事ならずかし。

ここで表されている幾つかの意見は、近代文学に属する各種の作品、殊にプルーストのを通して我々にはお馴染みのものになっているので、それが実際には驚くべき性質のものであることに、或は誰もすぐには気付かないかも知れない。しかし日本の小説の先駆をなした伝奇も、歌物語も、忘却の危険に対して過去の正確な姿を書き留めておこうとなどしていなくて、その点では、『デカメロン』や『トム・ジョーンズ』その他、十九世紀以前に書かれたヨーロッパの小説にも、そのような意図は認められない。例えば、話を面白くして読者の注意を逸らさないことを心掛けるのはどんな小説を書くのにも必要なことであるが、その話を通して自分の考えや、思い出や、印象や、過去に対する自分の感情を伝えるというのは、いかにも近代的なやり方であると言わなければならない。また、善悪の別なく一切の材料を冷静に受け入れて、そこから一つの教訓を引き出そうなどとしないというのも非常に進んだものの見方であり、そういう態度が間もなく何世紀にもわたって放棄されることになる当時の日本でそれが表明されたことは、なおさら驚異に価する。

我々が『源氏物語』をその歴史的な背景とともに考察する時、我々にとってこの小説が持っている全く類がない魅力が、最も痛切に感じられる。我々はプルーストの時代や彼が描いた世界からまだそれほど遠ざかってはいなくて、彼の小説に出て来るような人間がその後どうなったかについて何ともはっきりしたことが言えないが、日本の宮廷をなしていた社会の没落は十二世紀から十五世紀にかけて日本で書かれた多くの小説の主題をなしている。その中でも有名な『平家物語』はこういう風に始まっている。

祇園精舎《ぎをんしやうじや》の鐘の声、諸行無常《しよぎやうむじやう》の響《ひびき》あり。娑羅双樹《しやらさうじゆ》の花の色、盛者必衰《じやうしやひつすい》のことはりをあらはす。おごれる人も久しからず、只春の夜の夢の如し。たけき者も遂にはほろびぬ、偏《ひとへ》に風の前の塵《ちり》に同じ。

この精神が『源氏物語』の後に続いた時代の基調をなしている。紫式部がこの小説で世界史上、最高の文明に達した社会を描いてから百年とたたないうちに、日本は内乱で名状し難い状態になり、美しい都は、兵火、疫病、飢饉に見舞われて廃墟と化した。それでこれを捨てて山奥の寒村に幼帝の遷幸《せんこう》を仰ぐということまで起り、時代がそのようなので、多くのものは宗教に慰めを求めた。『源氏物語』でも宗教は重要な役割を果していて、その宗教はきらびやかな服装や、何千人もの僧侶が参加する盛大な儀式や、寺院のために惜しみなく散財することで後生を願う人たちが作らせる仏教芸術の粋という形を取った。しかし紫式部の時代に続く何世紀間かの仏教は本質的に悲観的な性質のもので、幾つかの宗派は世界が末期の堕落のきわみにあり、宗教に入ったものは全く世を捨てて山の中で隠者の生活をする他ないと説いた。また、救われたいものは金がかかる行事をやらなくても、ただ弥陀《みだ》の名を唱えるだけでいいのだという信仰が起って、美しい寺院が荒れ放題になり、或は難民に壊されて薪《たきぎ》にされた。十二世紀の終りには一種の独裁的な武断政治が確立し、これが何かの形で一八六八年まで、或は見方によってはその後まで続いた。この長い期間、日本の小説に出て来るのは主に貴族よりも軍人になり、大将と言えば、『源氏物語』では香合《こうあわ》せばかりしているような人たちなのが、枕許に刀を置いて寝る武人に変った。

この時代の小説がどういう性質のものだったかを端的に示しているものに、『時秋《ときあき》物語《ものがたり》』というほとんど断片に近い作品が残っていて、これを小説と呼んでいいものかどうか解らないが、少くともこれは『平家物語』などに出て来る多くの挿話に直《ただ》ちに通うもので、その全文を次に掲げる。

甲斐守《かひのかみ》（源《みなもとの》）義光《よしみつ》、左兵衛尉《さひやうゑのじよう》に侍《はべり》しとき、このかみ〔兄〕陸奥守義家朝臣《あそん》(が)、武衡《たけひら》、家衡《いへひら》等をせめけるを京に候《さうらひ》てつたへききけり。御いとまを申して下らんとしけるを御ゆるしなければ、兵衛尉を辞し申して陣に弦袋《ゆづる》をかけて馳《かけ》り下りける。あふみの国かがみのむまや〔駅〕のこなたにて、はなだのひとへかりぎぬ、青色の袴きて、ひきいれ烏帽子《えぼし》したる男、をくれじと駒にむちうて来るあり。あやしうおもひてみれば、豊原時秋なり。あれはいかに、なにしにきたりたるぞととひければ、とかくの事はいはで、ただ、ともつかうまつるべしとばかりぞいひける。このたびの下向《げかう》ものさはがしきこと侍《はべり》てなれば、ともなひたまはんこと尤《もつとも》ほい〔本意〕なれども、やくなしと頻《しきり》にとどむるをきかず、しゐてしたひきにけり。ちからをよばで、もろともにゆく〳〵。相模のくに足柄やまにきにけり。ここにてよしみつ、馬をひかへていはく、とどめ申せども、もちゐたまはで、これまでともなひたまへる事そのこころざしふかし。さりながら、このやまのせき〔関〕たやすくとほすこともあらじ。よしみつは所職を三拝申してみやこをいでしより命をなきものになしてまかりむかへば、いかなるせきにてもはばかるまじ。かけやぶりてとほるべし。それ〔あなた〕にはそのようなし。是よりかへりたまへといふを時秋なほうけひかず、またいふ事もなし。その時義光、時秋がおもふところをくんで、みちよりすこしいりて木蔭にうちより、しば〔柴〕きりはらはせ、馬よりおり、楯二枚をしきて一まひには我身坐し、一枚には時秋をすゑけり。人をとほくのけて、うつぼ〔靫＝矢を入れて身に付ける道具〕より文書をとりいでて、時秋に見せけり。父時元みづからかきたる大食調入調《たいしきてうにふでう》曲譜なり。よしみつはときもとが弟子にて管弦のあうぎ〔奥義〕をきはめたるものなり。ときあきいまだ十歳にもたらぬほどに時元はう〔失〕せにければ、ときあきにはさづけざりけり。さて笙《しやう》はありやととひければ、候《さうらふ》とて、ふところよりとりいだしたりける。よういのほど、まづいみじうぞ侍りける。かくしたひきたまふは、さだめて此《この》れう〔ため〕にてもや侍らんとて、ふたつの曲をさづく。義光はかかる大事によりてまかれば、身の安否《あんぷ》しりがたし。もも〔百〕に一つも安穏ならば、都の見参《げんざん》を期《ご》すべし。そこに〔あなた〕は豊原数代《すだい》の楽工、朝家要須《てうかえうしゆ》の仁なり。我真志あらば、すみやかに帰洛してみちをまたうせらるべしといひければ、理にまけてのぼりにけり。

これが中世の小説の調子であって、その百年前までは木が美しい花を着けていたりしたのが今は何もなくなった野原を横切って、武者が単騎、戦場に向うという具合に、ひとえに孤独なものが一切を支配している。『源氏物語』では音楽は主に優しい琴の音であるが、それに続いた内乱の時代には、戦いが終った後に武士が戦場で一人笙《しょう》を吹くのが、文学、殊に小説で繰り返して聞えて来る。その小説の多くは軍記で、栄光と死がそのどれもの内容をなしている。その中でも悲惨な戦闘などのことが多く出て来るのに『太平記《たいへいき》』という題が付いているのも皮肉で、こういう小説では当時の歴史的な人物の行動が話の中心になっているが、他にも誰彼の壮烈な死や、そういう人たちが知った束の間の喜びを語った挿話がいろいろと入っている。

しかし、もし十一世紀から十六世紀にかけての時代を中世と呼ぶならば、この時代が終始一貫して暗い気分に蔽われていたと考えることは許されない。宮廷及び将軍家が何年かにわたって栄えたこともあって、その間は或る程度の詩も作られ、何れも型に嵌ったものなので、それを読んでいて、紫式部がいた輝かしい時代とどこがどう違っているということもない。しかしこの時代の代表的な文学、例えば能や連歌には、当時の小説の特徴をなしているのと同じ悲痛と孤独の色が強く出ている。この時代の文学に認められるもう一つの点は、地方への分散が行われたことで、それ以前の時代には重要な本のほとんど全部が都で貴族によって書かれたものだったのが、中央政府の崩壊とともに、多くの学者その他が庵室や僧院に隠遁して、本が宮廷のみならず、僻地《へきち》でも書かれることになった。しかし、そういう作品に地方色と呼べるような明るいものは見出されなくて、詩を作るのが目的だった社会から切り離された詩人たちの孤独と諦めが、どの作品にも感じられる。

関ヶ原の戦いがあったのは一六〇〇年で、政権は以後、徳川の手に移った。この時から一八六八年まで、この一家《し》は日本に概して妥当な、しかし次第に効果が挙らなくなっていった独裁政治を布き、こうして平和が確保された結果として日本は経済的に繁栄し、また十七世紀の終り頃になって、文明のすべての面にわたって目ざましい活動が行われた。小説では、中世の軍記物や諸国行脚の坊さんの話は時代の精神にもう合わなくて、西鶴（一六四二—九三）が出現した。これはこの新しい時代の最大の小説家で、その六百年前に紫式部が出てから、小説の分野で次に取り上げなければならないのは彼の作品である。

彼は小説を書く前にすでに俳人として名をなしていたが、彼が小説家の地位を確立した作品は『好色一代男《こうしょくいちだいおとこ》』だった。これは陽気な、時には猥雑《わいざつ》な小説で、いろいろな点で西鶴が『源氏物語』に負う所が多いことを示している。彼の小説の登場人物は貴族や士よりもむしろ商人で、また彼が書いたもので一篇の小説の体裁になっているものも実際は、一つの共通の主題をめぐって書かれた幾つかの短篇と言った方がいい。その筋も時には巧妙をきわめることがあるが、西鶴の小説家としての最も大きな特徴はその機智と文体にあって、彼は一言で一人の人間の性格、或はその生活振りを、我々に伝えることが出来る。例えば、彼は或る利に敏《さと》い商人がどんな場合にも抜け目なく金儲けするのについて、「蹶《けつまづ》く所で、燧石《ひうちいし》を拾《ひろ》ひて、袂《たもと》に入《いれ》ける」と言っている。またその同じ男について、「何より、我子《わがこ》をみる程、面白きはなし。娘おとなしく成《なり》て、頓《やが》て娌入《よめいり》屏風を拵《こしらへ》とらせけるに、洛中尽《づくし》を見たらば、見ぬ所を歩行《ありき》たがるべし。源氏、伊勢物語は、心のいたづらになりぬべき物なりと、多田の銀山《かなやま》出盛《でさか》りし有様書《かか》せける」とも言っている。

これは、どうすれば財産が作れるか（或は、なくせるか）ということをめぐって書いた一聯の短篇を集めた『日本永代蔵《にっぽんえいたいぐら》』に出て来ることで、ここに登場する一群の人物は、金持になるにはどんなに小さなことについても細心の注意を払わなければならないことを知って、贅沢《ぜいたく》は一切しない人たちである。転んでも燧石を拾わずには起きない男は藤市《ふじいち》という金持で、或る正月の七草に、若いものが何人かで藤市の所に金持になる方法について教えを乞いに来ると、藤市は初めこれを座敷に待たせておく。そうすると、

　三人の客、座に着《つく》時、台所に摺鉢《すりばち》の音ひびきわたれば、客、耳をよろこばせ、是を推《すい》して、皮鯨の吸物といへば、いや／＼、はじめてなれば、雑煮なるべしといふ。又ひとりは、よく考《かんがへ》て、煮麺《にうめん》とおち付ける。必ずいふ事にして、おかし。

　藤市出《いで》て、三人に、世渡りの大事を、物がたりして聞《きか》せける。……扨《さて》、宵《よひ》から今まで、各《をの／＼》咄《はな》し給へば、最早《もはや》夜食の出《いづ》べき所なり。出さぬが長者に成《なる》心なり。最前の摺鉢の音は、大福帳の上紙《うはがみ》に引《ひく》糊を摺《すら》したといはれし。

西鶴の作品がすべてこういう風に滑稽なのではないが、恋のために狂乱する女だとか、無実の罪で死刑にされる男だとかの話を書いている時でも、西鶴は『トム・ジョーンズ』を書いたフィールディングを思わせる冷静な態度を失わなくて、どんなに真面目な話でも、その滑稽な面を常に指摘することを忘れない。彼や彼と同時代の作者たちが書いたものは浮世草子《うきよぞうし》と呼ばれることがあって、浮世は、かつては、悲しいこの世という意味に用いられていたのが、この時代にはそれが浮いた世を指すことになった。これはこの時代の新しい社会をきわめて適切に形容するもので、以前は桜の花や秋の紅葉が散るという風に悲しい現象に考えられていた変化というものが、今や何よりも望ましいことになり、誰もが流行に遅れることを嫌って、一般向きの小説の作者のみならず、芭蕉のような詩人も新しいということを目標に掲げた。この時代には美術品の意匠に、波という最も劇的な変化を示すものがよく用いられている。束の間に消えてなくなる人生の快楽が、中世の隠者たちが求めた恒久的な真実よりも高く買われて、その快楽を再現しようとして当時の作者や芸術家は猥雑に走ることも敢てし、そういう作品に対する政府の干渉も毎度のことだった。しかし遊廓が芸術家の生活の中心をなしていて、遊廓の住人が小説や芝居や絵の主題になっていたこの時代の社会では、あまり露骨な表現を避けるというのは或は無理だったかも知れない。

その十七世紀の終りから十八世紀にかけての小説の滑稽味は、多くは当時の出来事が種になっていて、それ故にその大半は今日では意味を失い、当時の作者たちの生活力と生きる意欲がおよそ旺盛なものだったという印象を、それでもまだ我々に伝えるだけである。しかし一八六八年に明治維新が起る前の日本で最後に挙げておかなければならない小説家の馬琴《ばきん》（一七六七―一八四八）の作品については、それさえも言えない。馬琴は当時の小説の多くが不道徳なものであることに反撥《はんぱつ》して、自分が本を書く目的は勧善懲悪にあると宣言した。彼はそれを驚くほどの量に上る作品で実行して、その大部分は今日の我々には読めなくなっている。馬琴は自分で小説を書くのみならず、中国の小説の中で有名なものを翻案した。彼の時代までは、日本の文学に中国の小説の影響があまり見られなくて、これは幸いなことだったのであり、中国は日本の文明のいろいろな面でなくてはならない刺戟を与えはしたが、文学ではその影響が、それが完全に消化されていない限り、概して喜ぶべき性質のものではなかった。

日本で書かれたものの中で直接に中国のものを手本にしたのは、それがその時代にはどんなに持《も》て囃《はや》されたものであっても、今日ではもう読めなくなっている。紫式部と同時代の人たちで漢詩や漢文で名をなしたものは、今日では全く忘れられていて、漢詩の最も優れたのよりも、日本の有名な詞華集に入っている一番つまらない歌の方が、今日までに遥かに多くの人々に読まれているに違いない。馬琴の小説も、五十年前までは彼が一般の日本人に日本で最大の小説家と考えられていたにも拘らず、中国の直接の影響を示すにすぎないものは、既に忘れられかけている。中国を手本にしたものは、それらが日本語で書いてあり、多くは日本語の韻文であっても、そこに盛られているのは中国の思想であるというよりもむしろ、日本で出来た中国の思想の模造品で、それは中国の本物に対して、英国の十八世紀に作られた中国風の陶器や家具と同じ関係におかれている。

日本の小説は十九世紀初期にその最低の所までいったと言わなければならなくて、それはあまり品がよくない小咄《こばなし》を集めたものでなければ、何巻にもわたる退屈なお説教であり、その本道から離れてしまったもので、昔の有名な作品に見られる優雅な文体や、言葉で暗示する力はここにはない。徳川幕府開府以来の二百五十年間の平和は、多くの興味ある問題を新たに提出することになったが、政府による検閲が作者たちにそういう問題を扱うことを許さなかった。十九世紀初期の日本の特色をなしている百姓一揆《いっき》や、政治の腐敗や、ヨーロッパに対する関心は、小説家の領分の外に置かれて、政治的に言って無害な或る種の出来事は、適当に粉飾しさえすれば小説で使えても、危険思想に類することについては一切書くことが禁じられていた。日本の作者たちは、彼らにとって大して興味がある筈がない陳腐な題材を取り上げるか、それよりもさらにどうでもいい瑣事《さじ》でお茶を濁す他なかった。日本の文学に新しい生命を吹き込んだのは欧米との接触で、その影響は今日でもまだ続いている。

V　欧米の影響を受けた日本の文学

日本に来た最初のヨーロッパの人間はポルトガル人で、これが一五四二年に日本の周辺の島に着いた。それから七年後にフランシスコ・ザヴィエルが日本に伝道に来て相当な成功を収め、最初にポルトガル人が来てから百年ばかりの間、日本人は、ポルトガル人、スペイン人、オランダ人、英国人などのヨーロッパ人と、貿易その他の活動を通して交際した。日本の大名とその一家にもキリスト教に改宗するものが出て、何人かの日本人が、ヨーロッパ及びアメリカに、主に宗教上のことで使節に派遣されるということもあった。しかしキリスト教に対しては、十六世紀の終り頃から政府が次第に弾圧政策を取るようになって、これはキリスト教が国の安全を脅やかすものと見られるに至ったからだった。政府は、キリスト教に改宗した日本人が政府の命令に従わなくなり、場合によってはヨーロッパ人が日本を侵略するのを助けたりするかも知れないことを恐れた。それには、フィリピン群島が十六世紀に宣教師たちの活躍の後にスペイン人に征服されたという前例があり、一六三九年にはスペイン人とポルトガル人が日本に来ることを禁じられた。それまで日本と貿易していた他のヨーロッパ諸国のうち、英国は利潤が少いという理由から自発的に手を引き、後にはオランダだけが残って、十九世紀の半ばになって日本の開国が決定するまでは、ヨーロッパ人の中でオランダ人だけが日本に来ることを許されていた。

カトリックの宣教師たちが日本で最も活躍した十六世紀の終りに、彼らは改宗者の教材に、また、自分たちの間で日本語の勉強をするために、本を幾冊か日本で出版した。この時、ヨーロッパの文学で日本語に訳された、宗教とは関係がないただ一つの作品はイソップの寓話だったが、一部で行われている説に従えば、ホメロスの『オデュッセイア』の少くとも大体の筋は、この時代に外国人と付き合っていた日本人に伝えられたということになっている。その根拠としては、百合若《ゆりわか》という男が主人公の、十七世紀に流布《るふ》した一聯の奇妙な物語が挙げられていて、この名前もユリッセスから転じたものと見られている。これはその男が外国で非常な戦功を立てた後に、日本に帰る途中で悪者のために或る孤島に置き去りになり、ようやくのことで日本に戻って来るという話で、日本ではその妻が何人かのものに再婚を迫られて困っている。年始の祝いの余興にその昔、百合若が使った鉄の弓を皆が引こうとするが、誰も引けなくて、それを百合若が取り上げて、妻を苦しめている一番の悪者を射殺し、それで百合若の正体が朝廷にも知れて、すべてはめでたく終る。

これが『オデュッセイア』の筋に似ていることは言うまでもなくて、さらに百合若の物語に出て来る他の幾つかの挿話は、カモンイスの『ルジアダス』を連想させるが、他の学者の説では、百合若をめぐる伝奇はすべて日本で発生したもので、それがヨーロッパの文学に出て来るものに似ているのは偶然の一致によると見られている。しかしとにかく、もし百合若の物語が日本の文学に対するヨーロッパの影響を示すものならば、これはその最初の、またそれから百五十年間にわたって唯一の指摘するに足る例であって、キリスト教が禁止され、一六三七年からその翌年にかけて日本のキリスト教徒がほとんど絶滅された後に、日本人はヨーロッパの文学に接触する機会を完全に失ってしまった。

十七世紀から十八世紀の初めにかけて、ヨーロッパの本で明らかに実用的な性質のもの、例えば天文学とか植物学とかに関するものは、原文か或は北京でイエズス会の宣教師たちが中国語に訳したのが日本にも入って来ることが許されたが、十八世紀の終りまではヨーロッパのもっと文学的な著作に対して誰も何の興味も示さなかった。その頃になって、日本人は長崎の小さな島で監禁も同様の生活を送っている数人のオランダ人から、ヨーロッパの事情について聞けることに注意し始め、それで学者がその目的で長崎まで旅行するようになった。その一人がそこで聞いた話をこう伝えている。

今ヲ距《へだた》ルコト十数年、海船一島ニ漂到シ、二人岸ニ上リテ水ヲ求ムルニ、島中ニ一巨人ヲ見ル。長丈《たけ》余ニテ一眼額ニアリ。二人ヲ見テ喜ビ、乃《すなは》チ擒《とら》ヘテ往ク。遂ニ一巌窟《がんくつ》ニ入リ、巨人一巨石ヲ取リテ其ノ口ヲ窒《ふさ》グ。内ニ亦一巨人有リ。蓋《けだ》シ雌雄也。窟中寛敞《くわんしやう》ニテ石隙《せきげき》ヲ牖《いう》〔まど〕ト為シ、獣畜極メテ多シ。一巨人復《また》出デテ往キ、其ノ口ヲ窒グコト初メノ如シ。一巨人二人ヲ捕ヘ、一処ニ置ク。熟視スルコト稍々《やや》久シクシテ忽《たちま》チ一人ヲ攫《とら》ヘ、顔面ヨリ齧啖《けつたん》ス。一人之ヲ視テ、驚駭《きやうがい》シテ夢中ニ夜叉《や しや》ヲ見ルガ如シ。遁《に》グル所ヲ知ラズ。既ニ其ノ半バヲ食ヒ尽ス。面ヲ掩《おほ》フテ視ルニ忍ビズ。巨人酔ヒテ眠ルガ如シ。鼾声《かんせい》雷ニ似ル。其ノ人逸《のが》レント欲シ、惟《ただ》追及ヲ恐ル。遂ニ意ヲ決シ、匕首ヲ以テ急ニ其ノ眼目ヲ刺ス。一声大呼シ、忿激《ふんげき》シテ狂走ス。摸索シテ尋求スレドモ、其ノ人巌下ヲ穿《うが》チテ伏ス。巨人猛獰《まうだう》也ト雖《いへど》モ、既ニ一箇ノ明ヲ瞎《かつ》シ、卒《にはか》ニ捕得スル能《あた》ハズ。乃チ洞口ヲ微カニ開キ、其ノ獣畜ヲ駆ッテ一一放出ス。極意ハ之ヲ討ツニ似タリ。其ノ人窮迫シ、急ニ一大野猪《やちよ》ノ腹下ニ攀据《はんきよ》ス。巨人覚《さと》ラズシテ其ノ猪ヲ放ツ。因《より》テ脱スルヲ得、走リ帰リテ船ニ上リ、遽《には》カニ開帆《かいはん》シテ去ル。

（平沢旭山《ひらさわきょくざん》『瓊浦偶筆《けいほぐうひつ》』）

この『オデュッセイア』の一節が、どういう径路で、長崎に一七七四年に行ったこの学者の耳に入ったかは興味ある問題である。それは百合若の物語の材料になったものの残りだったかも知れないし、或はそれをオランダの商人が誰かに直接に『オデュッセイア』に即して語って聞かせたことも考えることが許される。とにかく、ヨーロッパの文学では、こういう性質のものが当時の日本人にとって最も興味があったのに違いなくて、日本で最初に訳されたヨーロッパの文学作品の一つは、「英国人、ロビンソン・クルーソー」によって書かれたというその『漂流記』だった。

しかし、大体のところは、十八世紀の終りから十九世紀初期にかけて日本の洋学者たちの注意は科学や啓蒙の本に向けられて、それは一つには、オランダ語で書いた小説や劇は、本当に語学の力がある通詞《つうじ》ででもなければ解るものではなかったのに対して、例えばそれがオランダ語の数学の本ならば、数学の一般の原理を既に知っているものならば誰にでもその意味が呑み込めたからだった。

一八六〇年頃から、日本にもヨーロッパの小説や詩の訳が現れて、その中にはかなり粗末なものもあったが、どれも争って読まれた。その多くは英語からの訳で、これは日本人が開国以前に非常な苦労をして覚えたオランダ語が、英国やアメリカの商人と交渉するのにあまり役に立たないことが解ってから、主に英語を習うようになったからだった。しかし訳すにも、日本の読者にすぐに解る種類の本を選ぶ必要があった。それで例えば、ジュール・ヴェルヌの小説はいかに空想的なことが書いてあっても、日本人が瞬く間に持つに至った科学の進歩に対する信念がありさえすればいいものだったから、これは日本人にとって少しも難しいことはなかった。しかし、例えばディケンズの『荒涼館』のような小説は、そこで描かれている複雑な社会が、蒸気機関車の構造も同様に、具体的に日本人に説明出来るものではなくて、またそこで提出されている各種の問題が、日本人にとってお馴染みのものにヨーロッパ風の衣裳を着せただけのものではなかったから、理解されるわけがなかった。

新しい日本の文学の出現に当って、欧米のものの考え方を取り入れたその最初の記念碑的な作品と言えるのは、一八八五年に出た坪内逍遙《つぼうちしょうよう》（一八五九―一九三五）の『小説神髄《しょうせつしんずい》』である。逍遙はこの作品で、当時の日本の文学がおよそ貧弱なものであることを嘆いて、その原因を追究し、この対策について論じている。彼は、印刷術の発達が本をほとんど無制限に出版することを許すようになって、その結果、まず起ったことは、自分では何も言うことがない連中が、馬琴その他十九世紀初期の作者たちを真似て書いたものの氾濫《はんらん》であり、そういう作品は表向きは道徳的な立場から何かとその種類のことを並べたものではあっても、実際にはそのどれも駄作ばかりであると説いている。彼はそれが作者の方が拙劣であることだけでなくて、読者の不見識からも来ているとなし、「古来我が国のならはしとして、小説をもて教育の一方便のやうに思ひて、しきりに奨誡《しやうくわい》勧懲《くわんちやう》をば其《その》主眼なりと唱へながら、なほ実際の場合に於てはひたすら殺伐惨酷なる、若《も》しくは頗《すこぶ》る猥褻《わいせつ》なる物語をのみめでよろこび、他のかたくるしき筋の事は、目を住《とど》めてだに見る人稀れなり」と書いている。坪内の考えでは、日本の文学をそれが直面している幾つかの困難から救う道は、それまでの観念に従って文学を教訓の道具となさずに、文学に対する欧米人の見方を採用することにあった。彼は東京で或るアメリカの学者が芸術の目的について行った講演を聞いてその学者の意見に賛成し、それによれば、芸術は完全に装飾的であることでその目的を果し、それは人々を楽しませ、またその趣味を高尚にするものは社会にとってなくてはならないものであるからだった。

逍遥が言っていることは、我々にはお馴染みの芸術至上主義に近いものであるが、彼は日本人が文学の目的についての在来の観念を捨てなければならないと主張するだけで満足せず、それまでの三十一文字の歌や殺伐な物語よりも、もっと現代人の複雑な性格に適した新しい形式を求める必要があると説いている。

「我が国の短歌《みじかうた》、長歌《ながうた》のたぐひは、所謂《いはゆる》ポヱトリイ（泰西《たいせい》の詩）と比ぶる時はきはめて単純なるもの……かくいへばとて、皇国歌《みくにうた》をいと拙《をさな》しとて罵るにあらねど、総じて文化発達して人智幾階か進むにいたれば、人情もまた変遷していくらか複雑とならざるべからず。いにしへの人は質朴にて、其情合《じやうあひ》も単純なるから、僅かに三十一文字もて其胸懐《きようくわい》を吐きたりしかど、けふこのごろの人情をばわづかに数十《すじふ》の言語《ことば》をもて述べ尽すべうもあらざるなり」

『小説神髄』の内容をここでこれだけ紹介したのは、これに歴史的な意義があるからである。逍遥はヨーロッパの文学を最初に理解した日本人の一人で、シェイクスピアを全訳し、この訳が日本では戦後間もない現在でも最も行われている。彼は英国その他、ヨーロッパ諸国の文学と比較し得る新しい日本の文学を作り出すことを考えた人たちの中心をなしていたと言えるかも知れなくて、彼がヨーロッパの文学に認めた美点を備えている作品を日本の古典に求め、こうして日本の作者たちのために、その伝統が日本の文学にもあることを指摘することも試みた。それで彼は近松の作品の中では、怪奇な要素があるものを捨てて、ヨーロッパの劇作品と比較しやすい家庭的な悲劇を扱ったものの方を取った。何よりも文学になくてはならないのは写実と複雑の二つだ、というのが彼の主張だった。

逍遥は、そういう新しい形式で書こうとする日本人にとって最大の問題だったことにも触れている。十九世紀後半の欧米の文学の主調をなしているものは、個人的な印象や思想の表現であって、その百年前に、ルソーが、自分は他の人間よりもいいか悪いか解らないが、とにかく、自分という独自の人間である、とその『懺悔録《ざんげろく》』の初めに書いて、ヨーロッパの浪漫《ロマン》主義文学運動では、この態度が一貫している。しかし日本には、少くとも十二世紀に始まった内乱の時代以後、そのような個人主義の伝統がなくて、それからは個人の要求を一切受け付けない、厳しい封建主義の社会が成立した。我々が十一世紀の初めに書かれた『紫式部日記』を読めば、そこに我々にも理解出来る一個の複雑な人間が息づいているのを認めるが、この時代に続いた八世紀間のいかに私事にわたった著作でも、我々にそのような感じを与えるのは稀にしかない。我々が受ける印象では、誰もが一定の場合に一定の反応を示すことになっていて、そういう反応は最初は躾《しつ》けの一部として身につけなければならないものであっても、それがやがて自分の気持そのものになる。こうして例えば昔の日本では、御馳走になった後で主人に別れる際には、自分が失礼な振舞いをしたのを詫び、桜の花が散ったり、水に泡が浮んだりしているのを見た時は、人生のはかなさについて必ず何か言ったものだった。そしてこういう行動の型がどんな場合にも出来ていることは、ほとんど個人的な選択の余地をなくさせて、それが歴史や小説に出て来る人物を我々に何か平板に感じさせる結果になっている。これが或は最も顕著なのは、性格描写というようなものがないのに近い日本の劇かも知れなくて、近松の作品の主人公になっている商人たちの性格には、その一人を別な一人と区別するものがあまりにも少い。彼らの周囲の状況さえ違えば、その違った状況による他の人間と彼らも同じ具合に行動することになるのである。また、詩でも、そこに多く見られるものは浪漫主義の詩人たちの心からの叫びではなくて、もっと個性を没却した態度であり、それは英国の十八世紀の詩人たちを思わせても、詩の内容をなしているものは、例えば、ポープの『人間論』にある種類の一般的な議論であるよりはむしろ、詩人の瞬間的な認識であって、我々には、これにはもう少し個人的な扱い方が必要なのではないかという印象を与える。勿論、書く人間によって文体の違いというものはあるが、紫式部の時代以後、十九世紀の終りまでの何百年間かで、確かに一個の人間がそこにいるのを我々に感じさせてくれるものを書いているのは、達人と呼ぶに足る人たちだけである。

その原因の一部は封建的な社会の制約にあるということが仮に許されても、それは日本の作者たちが長い間抑え付けていた、めいめいの個人的な感情を表現出来る日が来るのを待ち焦れていたことを意味するものではない。逍遙が指摘した通り、複雑な心の動きは欧米の技術と並行して育成する他なかったので、詩人が短歌ではなしに不規則な長さに分けた詩を書いたり、小説家がそれまで日本で行われていた小説の書き方を止めて、もっとヨーロッパの写実主義に近い作風に向ったりするのは比較的に容易であっても、個性を表現し、或は創造する仕事がまだ残っていて、この問題は今日でもまだ完全には解決されていないようである。欧米の読者は日本の小説や劇を読んでいて、登場人物が何を考えているのか解らないという気がすることがたびたびあり、そのうちにようやく、その人物が口で言うことを実際に考えているのではないか、また、黙っている時は、それが日本人ならば当り前なことなのではないかと思い直すことになる。

その点、今日の日本で書かれているものの方が昔のものよりも読みにくくて、例えば、十一世紀の宮廷生活を描いたその時代の本ならば、我々はそれまで聞いたこともないことばかりの世界に連れて行かれ、それで何でも受け入れる気になって、『源氏物語』の女たちが歯を黒く染めることを化粧の一部と心得ていたと読めば、それもただ、そういうものかですむ。しかし登場人物がビタミン不足を気にしたり、日曜の午後を小型の写真機で写真を取って過したり、自分が好きなアメリカの映画女優と同じ型に髪を作ったりする小説では、そういう人物の感情も我々に理解出来る性質のものであることを期待し、そうでない場合には当惑せざるを得ない。その一例に、谷崎潤一郎の『細雪』(一九四六―四八)は、或るお嬢さんのために婿を探すことをめぐって話が進められているが、その若い女自身がこの婿探しをどう思っているか、またそこに登場する何人かの候補者、或は最後に彼女の相手に決まる男に対してさえもどんな感じでいるのか、この小説のどこにも書いてない。我々は少くとも何か、フロイトの精神分析を持ち出すとか、そういうビタミン不足と同じ世界に属する説明を聞かされることを望んでしまうのであり、黙って人の言いなりになっている今日の日本の女というのは、どう受け取ったものか見当がつかない。

そういうわけで、逍遙の『小説神髄』に答えて誰もが個人的な感情に表現を与え始めるということにはならなかったが、これが出て、それまで日本で知られていなかった種類の小説や劇が書かれるようになったことは事実である。英国のヴィクトリア中期の小説が大量に、またその他にもロシアの小説が幾つか訳されて、そこに窺われるヨーロッパの写実主義に基いて日本の小説家も、逍遙が非難して止まなかった冗長な歴史物や多分に空想的な物語に見切りを付けて、日常生活を扱った作品に転じた。『小説神髄』に続いて出たそういう小説でまず挙げなければならないのは、二葉亭四迷《ふたばていしめい》（一八六四—一九〇九）の『浮雲《うきぐも》』（一八八七—八九）で、これは多くのものによって日本で書かれた最初の小説と考えられている。『浮雲』の主人公は当時の知識階級に属する若い男で、これがスマイルズの『自助論』を読んだその仲間と違って、上役に取り入る気になれないので職を離れる。彼はそういう実直な男であるが、決断力に乏しくて、何をするにもはきはきせず、彼が同居している叔母に軽蔑され、そのうちに彼が恋している美しい従妹にも疎《うと》まれるようになる。この従妹がやがて別な男で、いかにも当世風な官吏に惹かれている気配を示し始め、それでも主人公の方はどうすることも出来ないでいる、という具合で、この小説にはほとんど筋と言えるほどのものがない。しかし、同じ頃に書かれていた他の小説のことを思うならば、この作品の価値はたちまち明らかになるので、馬琴の小説に出て来る種類の悪魔退治もやってのける英雄とは正反対に、すべての点で平凡な人間がここに初めて登場し、この男は我々の同情を惹くことはあっても、稀にしか共感を誘うに至らない。この二葉亭の小説には外国の文学の影響、ことにツルゲーネフ、及びゴンチャロフのが非常に強く働いているのが見られて（ゴンチャロフのオブローモフは無為な小説の主人公の典型である）、それは二葉亭の小説の構造のみならず、二葉亭が用いた文体にもはっきり現われている。それまでの何百年間かに日本で書かれた小説の大部分は文語体だったのが、二葉亭はツルゲーネフその他、ヨーロッパの小説家たちが書いたものを読んで、本を書くのに用いる言葉遣いは話す時と同じでなければならないという結論に達した。『浮雲』は日本で口語体で書かれた最初の小説であって、その内容の点でも、またその文体の上でも、日本の現代文学に非常な影響を及ぼし、そのために日本の小説家がすべてそれまでの題材や文体を捨てたわけではなかったが、十九世紀の終りまでには二葉亭が創始したこの新しい様式が完全な勝利を得ることになった。

明治時代（一八六八—一九一二）に日本で書かれた作品は大変な量のもので、その多くはすでに作品としての意味をなくしているが、これは例えば、同じ時期に英国で書かれたものについても言えることで、別に驚くには当らない。その或るもの、ことに欧米の文物に心酔した結果の初期の小説や詩の中には、今日読んで確かに滑稽に感じられるものがあって、サンソムはその『西欧世界と日本』で次の詩を引いている。

天には自由の鬼となり
地には自由の人たらん
自由よ自由やよ自由
汝と我れがその中は

天地自然の約束ぞ
千代も八千代も末かけて
此世のあらん限りまで
二人が中の約束を
いかにぞ仇に破るべき
さはさりながら世の中は
月に村雲花に風
ままにならぬは人の身ぞ
話せば長いことながら
古し羅馬《ローマ》の国と聞く
その人民を自由にし
共和の政治を立てんため
数多《あまた》の人のうき苦労……

（小室屈山《こむろくつざん》「自由の歌」）

しかしこういう詩や、或はスコットの「ラマームアの花嫁」に「春風情話《しゅんぷうじょうわ》」という題を冠した訳に今日の我々が文句を付けることはないので、これはすべて当時の日本の作者たちが新しい材料や、それを表現する新しい形式の洪水にさらされる一方、在来の材料や形式をどこまで保存すべきかという問題に直面しての混乱が生んだものだった。自由の詩を書いた詩人はそういう外国の観念を扱いながら、やはり月を隠す雲とか、花を散らす風とかいう日本の昔からの影像を用いていて、それと同様に、『浮雲』の後に書かれた小説でも、どこかに問題の提出の仕方とか、その解決の仕方とかでそういう新しい小説の方式と食い違い、それでも日本風に考えればおかしいことはない部分が出て来るのが多い。

こういう新しいものと古いものの対立は、この時代の代表的な小説家としてよく挙げられる夏目漱石《なつめそうせき》（一八六七—一九一六）の作品にも認めることが出来る。彼の作品は、彼が非常な影響を受けたヨーロッパの自然主義文学の手法に従って人生を描くことを目指したものであるが、ヨーロッパの多くのそういう作品と違って、彼は社会の最下層に属する人々よりも、むしろ中流階級のごく平凡な人たちの日常生活を小説の対象に選んでいる。彼は時にはそういう人たちの生涯に起った何か劇的な事件を扱うことがあっても、彼が特に興味を持ったのは、日常生活の平穏な推移のうちにある人間の姿だった。漱石の作品が今日でも日本で広く読まれているのはその名文のためと思われるが、欧米の読者は、そこに認められる東洋風の諦観をもの足りなく感じるかも知れない。

漱石とよく比較されるのが森鷗外《もりおうがい》（一八六二―一九二二）である。漱石が英国の文学の感化を非常に受けているのに対して、鷗外の殊に初期の作品は、彼が一八八四年から一八八八年にかけてドイツに留学した影響を示し、一八九〇年に発表された彼の処女作『舞姫《まいひめ》』は、ドイツに留学している一人の日本人とドイツ人の踊り子の不幸な恋愛を扱っていて、これが彼自身の体験に基いたものであることは他の材料によって明らかである。この小説は特定のヨーロッパの作品を真似たものではないが、その告白風の調子はドイツの浪漫主義文学に負うところが多くて、彼はこれに続いて、日本人の画家と美しいドイツ人のモデルとバイエルン国王で狂人のルドヴィヒ二世が登場する、少し度外れに劇的な『うたかたの記』を書いた。また、彼は後に『キタ・セクスアリス』の詳細な自画像で世人を驚かせた。

彼がその長篇の中で最も浪漫主義的な色彩が濃い『雁《がん》』を書いていた明治四十五年に、彼は乃木《のぎ》大将がその妻とともに明治天皇の崩御《ほうぎょ》を悲しんで殉死《じゅんし》したことを知った。この劇的な行動は、鷗外自身が子供の時から受けて育った儒教の感化に合致するもので、これは彼に深い感動を与え、それから彼は死ぬまで昔の士《さむらい》の精神を讃美する作品ばかり書くことになった。彼が晩年に書いたものの一つに付けた序文で彼は、その本に出て来ることはすべて史実通りであると言っていて、彼が初めのうち惹かれていたドイツ浪漫派の伝統のこれほど完全な拒否というものは考えられない。しかし彼はドイツで身に付けたことを忘れるには至らなくて、彼がその百年も前に意地で切腹した士のことを書いている時でも、それまでの講談調の道徳観に頼らず、現代の心理描写の方法を用いて、その文体も全く新しいもので、今日の日本の小説家にも、彼の文章を現代の日本語で書かれたものの中では最高と考えているものが多い。鷗外が過去の時代に戻って行ったのは、常に現在を意識してだった。

しかし鷗外と漱石は日本ではすでに定評があっても、欧米で多くの読者の興味を惹くとは思えない。我々には漱石の『坊《ぼ》っちゃん』の魅力も、鷗外の『雁』の哀愁も、何れも身近に感じることが出来なくて、こういう小説は日本よりもヴィクトリア時代中期の群小作家の作品を思わせる。鷗外の作品を訳で読むと、素気ないという印象を受けない時はしつこくて、あまりにも説明が省かれていて無意味になるか、ドイツ浪漫派の小説でお馴染みの具合に修飾が多過ぎるかのどちらかでしかない。これに対して島崎藤村《しまざきとうそん》（一八七二―一九四三）の小説は、文章はこの二人にはるかに劣るが、もし理解がある訳者の手で訳されるならば、より多く欧米で読まれるのではないかという気がする。彼の小説で扱われている各種の問題は、例えば『破戒《はかい》』に出て来る社会的偏見、身分上のことにしても、欧米の読者がすぐにどこが問題か受け入れることが出来る性質のもので、彼の文章に見られる欠点は、これは鷗外や漱石の文章の美点と同様に、訳では消え去り、後には小説の構造と登場人物の性格描写だけが残って、この二つにかけて藤村は他の明治時代の小説家たちよりも優れていたのではないかと思われる。

『破戒』は社会問題に対する関心という、日本の文学がヨーロッパから受けた重要な影響の一つを示す作品である。日本の詩は、大体のところは、形式の上では新しいことが試みられたにかかわらず、それまでの伝統的な精神に背くことがなかったのに対して、他の文学の分野では作品が新しい思想を表現する手段に用いられる傾向が次第に強くなっていった。明治初年に日本で訳されたヨーロッパの小説を見ると、ディズレイリやブルワー＝リットンなどの政治小説が目立って、それが我々には異様にさえ思えるかも知れないが、ヨーロッパの影響を受けて書かれた当時の日本の小説でも、政治的な色彩が濃いのが特色になっている。ゾラの作品にあるような写実主義は、少くとも初めのうちは、あまり日本人の興味を惹かなくて、これはゾラが扱った種類の対象の多くが、それまでの日本の文学でお馴染みのものであり、またその頃のヨーロッパ人を驚かせた写実的な描写も、日本人にとっては当り前なことだったからである。しかし政治や社会に関する問題を材料に用いるというのはそれまでの日本の小説に全くなかったことで、これは日本人に非常な刺戟を与えた。『破戒』では身分的な差別を受ける不幸な人たちに対して同情を惹こうとしつつ、これを一つの面白い話に仕立てる配慮が常になされているが、当時、社会問題を扱った他の小説はもっと粗雑な書き方がしてあるのが普通だった。

社会問題に対する関心は、ヨーロッパの小説を翻案したものに一番はっきり感じられる。例えば、欧米の読者が谷崎潤一郎の『痴人《ちじん》の愛《あい》』を読めば、その話の筋からすぐにモームの『人間の絆』を連想する筈で、もっともこれは単なる偶然の一致かも知れない。しかしとにかく、これは一人の女給に惹かれてこれと同居する男の話で、女の本質的には野卑な性格が男に反感を起させることがよくあるが、男はこの女にすっかり魅せられているので、女が何かことに不愉快なことをしても、そのたびごとに口実を見付けて、女がしたことを自分に対して弁解する。そのうちに、彼は女に裏切られたことを知って別れようとするが、それがどうしても出来なくて、この小説は彼が完全に女に降参するところで終っている。彼は女が彼の妻でいてくれさえすれば、勝手に他の男と付き合い、好きなように生活することを承知するのである。モームの小説では、主人公の若い男と、彼の自由を奪っている恋愛から、彼が何とかして逃れたくて続ける努力に重点がおかれているが、これと同じ筋の谷崎の小説ではむしろ、欧米の文物の愛好がどんな結果を生じるかということが話の中心をなしている。最初にこの小説の主人公が女に惹かれるのは、彼にはメリー・ピックフォードに似ているように思われるそのヨーロッパ風の顔形と、妙に日本離れがした態度であって、彼が女を映画に誘うと、普通の日本の女ならば何かと体裁振《ていさいぶ》るところなのに、この女は『人間の絆』のミルドレッドと同様に、行っても構わないという風に答える。主人公はそういう女のやり口に魅了されていっそう、現代的に、というのは、ヨーロッパ風に振舞うことを奨励し、それが女の生来の気ままな性格をさらにひどくする。二人は結婚して、洋館に住み、女がヨーロッパ人の男と付き合い始めるところでこの小説は終っている。

こうして谷崎の小説は、逍遙が非難した勧善懲悪が目的の作品への微妙な復帰であることが解る。モームの『人間の絆』は或る特定の教訓のために書かれたのではないようであって、ただ或る救い難い恋愛事件とその解決を描くことで終っていると考えられるが、谷崎の小説では、主人公が欧米崇拝の廉《かど》で断罪されている。彼は自分が背が低いことや、色が黒いことや、出っ歯であることなどの、日本人の特徴を備えているのを恥しく思っていて、彼のヨーロッパ風の顔形をした愛人に侮辱されるのまで一種の光栄に感じ、この女がひどい化粧の仕方をして娼婦も同様になっている時でも、それが自分のものだという考えが彼を有頂天にする。確かに、こういう人種的な劣等感がかつては日本に存在し、現在でもそれが或る程度は残っていて、谷崎の小説は単なる描写であるよりは、この劣等感に対する抗議であると見られる。『人間の絆』と比べれば、登場人物の性格が奥行きと複雑な味を欠いているが、前にも触れた通り、これは日本の文学に登場する人物の大部分について言えることである。

これとは別な種類の問題を扱ったのが、ことに一九二〇年代に盛んだった、いわゆるプロレタリア文学の作者たちである。その代表的な作品は小林《こばやし》多喜二《たきじ》（一九〇三

―三三）の『蟹工船《かにこうせん》』（一九二九）で、蟹工船のカムチャツカの沿岸までの航海を描いている。これには話の筋のようなものはほとんどなくて、登場人物の性格もあまりはっきりしないが、乗組員が船内で置かれている状態はいかにも生々しく語られている。その中には、船での辛い作業や仲間の乱暴な水夫たちに馴れない学生も何人かいて、船の高級船員になっている悪魔も同様の連中は、乗組員、ことに学生にひどい刑罰を科することに色情狂的な喜びを味わっている。この蟹工船を所有している会社は怪物の群で組織されていて、それで船のものが一団の感じのいいソ連の領民に出会い、日本語を話す中国人がマルクス主義の福音を伝えると、それが船の乗組員の間でたちまち強大な力で広められる。

『蟹工船』のような小説に見られる共産主義の宣伝が、いかにも粗雑なものに感じられるならば、アメリカでオデッツの『レフティーを待ちつつ』（一九三五）が書かれたのも、この小説と大体同じ頃であることを思い出すべきである。この芝居には、或る若い男がパンが欲しいと言うと、『共産党宣言』を一冊渡されて、彼の魂にとってこの方が必要なのだと教えられる場面がある。事実、一九〇〇年から一九四一年までの日本の文学は、そのほとんどの面でも、同じ期間に属するヨーロッパとアメリカの文学との類似点があまりにも多くて、この期間に日本の文学に見られる各種の動きについて詳細に語るには、それと密接な関係がある同時代のヨーロッパとアメリカの文学の動きも、それと並行して説明しなければならない。これは日本の文学がその個性を失ったということではなくて、それがそれ以前のように全く別個の伝統に即したものではなくなり、世界の現代文学の主流に対して、その一部をなす地方的な変形であるに至ったということなのである。これは小説の場合にことにそうで、詩ではヨーロッパの前衛派による各種の試みに基いて幾つかの新しい運動が起ったにかかわらず、詩人にとって日本の伝統的な詩の形式がその魅力を失わないでいて、この感じがそれほど強くは出ていない。劇では、日本の中世史に取材したようなものを書く時でも、ヨーロッパ風の劇作法が用いられることが多くなった。

しかしこれは、日本の文学に昔からあった各種の形式が全く放棄されたということではない。例えば、火野葦平《ひのあしへい》が日華事変に従軍した一兵卒の戦線での生活を日記体で書いた一聯の作品の発表とともに、日記文学が再び盛んになり、その影響で陸海軍の兵隊は誰もが、雨が降ったとか、今朝は六時に起きたとかいうことだけでも日記に付けるに至った。そしてその時期に、この形式はかつての日記文学と同様に、各種の感想の印象主義的な表現にも用いられたので、そういう作品の一つに堀辰雄《ほりたつお》の『風立ちぬ』（一九三六―三八）がある。この作品はその形式の上では典型的な日本の文学であるが、その叙述の方法にジードの『田園交響楽』を思わせるものが非常にあって、この作品のように日本と外国の形式が見事に一つになっている例は稀である。

明治初期の作品では、作者が日本の文学の伝統を意識しているということを感じさせるものがあまりなくて、それがヨーロッパの作品でないことはむしろ、作者の言わば、不用意な影像の選び方や描写の仕方に窺われる。しかし中には、題材は新しいものであっても、それをことさらに伝統的な形式に従って書くことを止めなかったものもあり、また最初、新しい形式で書くことで名をなした後に、古典に精神のよりどころを求めるようになったものもあった。谷崎も欧米崇拝を否定した『痴人の愛』を書いた後に、その著作で次第に日本の古典に興味を示し始めて、ついに一九三八年から一九四一年にかけて『源氏物語』を現代の日本語に完訳するに至った。この時期に、谷崎は『源氏物語』と同じ様式と規模で現代を描く小説の計画も立てたが、一九四一年に戦争が起り、政府がすべて頽廃的と解される作品を絶滅する方針をますますはっきりさせていった結果、『源氏物語』そのものが好ましくないものと断ぜられて、谷崎の小説もその間、発表が見合されることになった。

戦争中はこれといった作品がほとんど書かれなくて、多くの文学者が政府によって日本の陸海軍の行動を報道するために各地に派遣され、その命令を受けなかったものも検閲があるので、作品の発表を断念したものが少くなかった。また、戦争が終った当時も、文学活動はほとんど行われなかった。一部の左翼の批評家は文学が果すべき新しい役割を定義しようとしたが、公衆はその頃、ただ生きてゆくための努力だけで手一杯で、新しい文学の難解な作品に興味を持つ余裕がなかった。そのうちに、読者層の程度の低さを反映した猥本《わいほん》風の小説や探偵小説などの、その場限りの作品が現れるようになった。何人かの小説家は、一九四六年から一九四七年にかけての暗い日本の世界を忠実に描写した作品を書き、そうした敗戦後の日本の姿を扱ったものの中では、太宰治《だざいおさむ》と林芙美子《はやしふみこ》の作品が最も成功していると思われるが、この一時期に属するものの大部分はその題材との距離が近過ぎて、その文学的な価値が保証し難い。

日本の批評家の間では近年、ただ戦争が終ってから書かれた一般の文学と戦後文学を区別する傾向があって、彼らは一九四五年以前に作品を発表しなかった人たちのものの、ことにその中で何かの意味で伝統に反し、或は左翼的な性格を持つものを戦後文学と呼んでいる。しかし戦後に日本の文学者たちのすべてが経験させられたことはあまりにも異常であるので、ごく少数の例外を除けば、もっと古い年代に属する人たちの作品も一括して戦後文学と考えて差しつかえない。事実、一九四五年以後に書かれた最も優れた作品の多くは、そのずっと前にすでに地位が確立していた人たちによって書かれていて、例えば、川端康成《かわばたやすなり》（一八九九―一九七二）はその傑作である『雪国《ゆきぐに》』を一九四七年に完成し、一九五一年には『千羽鶴《せんばづる》』を発表して、この二つの小説が当時書かれた大概の作品よりも後まで読まれることは確実である。

終戦直後に書き上げられた最も野心的な作品は、一九四六年から一九四八年にかけて発表された谷崎潤一郎の『細雪』である。日本ではこれが傑作と称され、或はそうかも知れなくて、その優れた部分は偉大と見ていい域に達しているが、欧米の読者にとっては何か最後まで受け取りにくいものが残る。谷崎はこの小説を書くのにあたって用いた方法について、別に何も語っていないようである。しかしこの記念碑的な三部作を、例えばジュール・ロマンの『善意の人々』と比較するならば、谷崎の方法というものが非常にはっきりする。ロマンは一人か二人の個人ではなくて一つの社会全体を描くことを目指して、主人公、或は一、二の家族をめぐって実際にはあり得ないほどの多数の事件を起こさせるという、長篇を書くのに普通用いられる手段を拒否し、その代りに、中には小説の終りまでついに出会うことがないのもいる非常に多くの人物を取り上げて、それは多種多様な経験を不自然ではない形で描くには、そうする他ないからだった。

谷崎が用いた方法はその正反対のもので、或る限られた数の人物を対象に選び、彼らが五年間に普通に生きていて経験すると想定されることだけを描いた。これは谷崎の小説に話の筋らしいものがほとんどないということでもある。『細雪』は小説というものの分野で稀に見る厳密な人生の再現であって、そうした写真に近い書き方をすることで谷崎は劇が起る余地をすべて意識的に犠牲にしている。谷崎が最初は猟奇的な作品で名をなし、その中期の作品が多くは芝居がかった偏執狂を扱っていることを思うならば、その後にその作風にいかに大きな変化があったかが解る。『細雪』では、すべてをその現実の姿通りに描くために苦心している。この写実主義は、例えば恐しく詳しい赤痢の症状の描写が出て来るというようなことがあるにもかかわらず、そうした不愉快な、或は平凡な出来事を一つも省かないということに止まらなくて、作者は何か劇的なことが起りそうになった時は、その後に必ずその自然のなり行きによる解消を持って来て、人生の間断ない動きが一章の終りなどで途切れたりしないことを期している。これこそ文字通りの大河小説であって、この作品のゆっくりした濁った流れは不可避的に、そして無意味にその終りに向って進んで行く。

この小説では実にいろいろなことが取り留めもなく起るので、その輪郭を伝えることは難しい。話の中心になっているのは四人の姉妹で、この小説で一貫している筋と言えば、その三番目に婿を探すことなのであるが、『細雪』は話の筋というようなものがあまり必要でない小説である。これは一九四七年には作者にもう二度と戻っては来ないと思われたに違いない世界を記憶力によって再現するのが目的で書かれたもので、一九三六年から一九四一年にかけての日本の裕福な一家族がここにあり、ローマが野蛮人の手に落ちて五年目にかつての時代のことを書いているローマの歴史家もこうだったかと想像される具合に、作者はこの一家族が送っている生活についてのどんな小さなことでも丹念に取り上げ、この小説では誰かがただ或る西洋料理屋に行くというようなことは決してなくて、それは必ずオリエンタル・グリルとか、どこかそういう特定の場所であり、この一家族の一人が友達や恋人に会いに出掛けて行く時は、その際に乗ったバスの番号も省かれていない。この詳しさが初めのうちは我々を当惑させて、それは我々が、やがて大きな意味を持つことになる事柄にまず控え目に、話の所々で触れておくというプルースト的な方法に馴れているために、例えば『細雪』で或る医者がぶっきら棒で短気であることが念入りに説明してあれば、この医者のそういう性格が何か或る劇的な場面の焦点になることを期待し、それが決してそうはならないからである。作者は、その医者が短気だったから、その通り短気だったと書いているに過ぎない。他の小説では、人が病気になれば、やがてはそのために死んだり死にかかったりするのであるが、『細雪』では、病気になったものは何日か寝ているうちに大概はまたよくなる。こういう写実主義が千四百ページも続くというのは、我々を或る名状し難い状態に置くもので、我々はそこで描かれている一家族と一緒の家に住んでいた感じになり、そのうちの誰かにまた会えば、すぐ解るだろうと思う。しかしこれは、この小説に登場する人物の性格の一部を洞察することが出来たというようなことではなくて、同じ家に住んでいたところでそこに住んでいるものの考えが見通せるわけでないことは、この小説の場合、その作者にとっても変りはないのである。何か悲しいことが起った時に登場人物の一人が笑顔になれば、我々はその人物が本当はそんなことがしたくはないのだろうと推定はするが、実際は心が張り裂けるばかりだったのだと作者の谷崎は我々に教えてくれない。我々はこの小説を読むと他のどのような作品にもまして、日本人の感情にはどこか空白な所があるのではないかと思う。作者は我々から何一つ隠さず、登場人物が使う歯磨きの種類から便所に行く回数まで知らせてくれるが、例えば、四番目の娘が一切を犠牲にして構わないほどになっているその恋人が死ぬ際に、どんな気持だったかについては一言もこの小説では書いてない。我々はしまいには、平気でいたのではないかとさえ考えたくなる。『細雪』はそういう意味では、欧米の読者にとって受け入れにくい小説であるかも知れない。しかしその壮大な規模には我々も打たれずにはいられないのである。今日の日本の作者たちに見られる技術上の熟達は他のどことでも比較出来るもので、そのいっそうの発展もまず間違いないことであるから、『源氏物語』や能楽などの卓越した作品を生んだ日本が、将来再び日本だけのものではない、全世界に属する少数の不滅の作品にまた幾つかを加えることになるということも、充分に期待出来るのである。

註

（1）フォード・マドックス・フォードが *Imagist Anthology 1930*（『影像派詞華集 一九三〇』）において。

（2）或る批評家は影像派について、「彼等の宣言などでは日本の詩や批評が難解な言葉で盛んに引き合いに出され、キ、カ、コというようなkで始まる音節の多い不思議な綴りの語句が印刷屋泣かせになっている」と書いている（グレン・アーサー・ヒューズ *Imagism and the Imagists*〈『影像主義と影像派』〉中の引用より）。

（3）ジョージ・サンソムは『西欧世界と日本』（筑摩書房）でこの一時期を克明に描写している。

（4）エズラ・パウンド *Guide to Kulchur*（『文化というもの』）。

（5）アーサー・ウェーリー『白楽天』（みすず書房）。

（6）厳密に言うと、俳諧は芭蕉とその一派が代表するくだけた作風の詩の総称で、発句は連歌の第一句、そのどれよりも新しい名称である俳句は俳諧の一句を指すが、この三つはよく混同される。

（7）エーミ・ローエル詩集 *Pictures of the Floating World*（『浮世絵』）より。或はローエルの俳句風の詩で最も優れているのは、その *What's O'Clock*（『何時』）という詩集で現代的な題材を扱ったものかもしれない。

（8）F・S・フリントは一九一五年に影像派の詩の起源について、「この一派の中心をなす人たちを結んでいたのは、私の考えでは、当時書かれていた（また、残念なことながら、現在でも書かれている種類の）英国の詩に対する不満だった。私たちはこれを完全な自由詩、或は日本風の短歌や俳諧で置き換えるなど、いろいろと試みて、短歌や俳諧は面白半分に皆、何十と書いた」（ヒューズ『影像主義と影像派』より）と書いている。

（9）*The Complete Poems of Richard Aldington*（『リチャード・オールディントン全詩集』）。

（10）パウンド編 *Certain Noble Plays of Japan*（『日本の高貴な劇』）にウィリアム・バトラー・イエーツが寄せた序文。

（11）宮島綱男 *Contribution à l'Etude du Théâtre de Poupées*（『人形芝居の研究』）にポール・クローデルが寄せた序文。

（12）大阪は、もとは「大坂」と書いた。明治初期に「坂」を「阪」と改めている。中世・近世には「おおざか」と発音するのが一般的だった。

海外の万葉集

尋常のアメリカ人に日本の詩歌についての感想を聞いたら、ごく簡単な返事があろう。すなわち、「読んだことがない」の程度に過ぎないであろう。日本の詩歌についていくらかの知識を持つアメリカ人——これは決して尋常の人ではないが——を見つけたら、日本の歌は美しくて印象的だとか、自然に対して敏感であるとか、余情に富むとか、などのほめことばを述べよう。英文の和歌や俳句を詠んだり、日本の詩歌の影響を受けて英詩を作ったりする詩人も数人いる。しかし、『万葉集』にくわしいと言えるようなアメリカ人を見つけるには、相当探さなければなるまい。

これは誠に不思議な現状である。日本のあらゆる詩歌集の中で『万葉集』は一番西洋人を感動させるはずであって、英訳で読んでもそれ以後の日本の歌にない説得力を有している。『万葉集』に出ているテーマ（妻や子の死、初恋、貧困な生活の苦しみ、いくさへ行く兵士の感情等々）は普遍的なものばかりであって、詩に興味を持っているのに『万葉集』に興味を持たないような人は想像が出来ない。

それなら、どうして『万葉集』は海外にあまり知られていないのか。恐らく『万葉集』は外国人の「日本的」という観念（先入見ともいえようが）に一致していないためであろう。外国人の多くは、わざわざ日本の詩歌の翻訳を読むと、どうしても何か日本だけにあるあざやかな特徴を持つものでなければならないらしい。その点からいうと、長歌《ちょうか》よりも俳句の方が日本的である。他国にあんなに短くて余情に頼る詩もないし、人麻呂《ひとまろ》や憶良《おくら》の長歌の普遍性よりも謎のような俳句に魅力が感じられる。言い換えれば、俳句は西洋の詩に全然似ていないから喜ばれていて、西洋の詩に影響を及ぼすことも出来た。もしこれからアメリカなどでは連歌のブームがあっても、別に驚くべき現象でもなかろう。

いうまでもなく、『万葉集』の中にもとりどりの歌があるが、一番優れたものには――人麻呂、憶良などの長歌――俳句のようないわゆる日本的なものが欠けている。西洋人はそういう長歌を読むとき、いくら知らない山や浦の地名が出ても、西洋の詩と全然違うものだと誰も思わないだろう。そのために、一応異国趣味に基いたうわべの興味を乗り越えなければ、『万葉集』に近づきにくい。その意味では、外人として俳句で日本の詩歌の勉強をし始めて、連歌、和歌、『万葉集』の順序で遡《さかのぼ》って行けば、好《よ》いかも知れない。『万葉集』から始めたら、その秀歌の好さを味わえば味わうほど、桜の花や紅葉に占められた和歌または暗号みたいな俳句の好さを認めなくなる虞《おそれ》もあると思う。

私は数年前に西洋人のための日本文学入門を書いたとき、『万葉集』のことを紹介するか、連歌や俳句を紹介するか、という選択に困った。私はしまいに後者をより日本的で特徴のあるものとして選んだが、誤りであったかも知れない。ともかく、『万葉集』及び連歌と俳句を同じ章で論じることは不可能だと思った。日本の読者なら、それほど『万葉集』は以後の時代の詩歌と相入れないと感じないかも知れないが、西洋の文学者にとって全く別世界のもののようである。いうまでもなく、私は連歌や俳句をけなす意志は全然ない。実は、私は六、七年前から芭蕉の研究をしているが、『万葉集』をあまりよく知らないので、俳句の方がむしろ私に近い。それにもかかわらず、

秋山の　したへる妹《いも》　なよ竹の　とをよる子らは　いかさまに　思ひ居《を》れか　栲《たく》
縄《なは》の　長き命を　露こそば　朝《あした》に置きて　夕《ゆふへ》は　消ゆといへ……

を読めば（少くとも、澤瀉久孝《おもだかひさたか》先生の注釈に頼って読めば）、どんなすばらしい俳句からでも得られない豊富な感情に打たれて、フランスの詩句を思い出させる。同じような死んだ姫の挽歌である。

Et rose elle a vécu ce que vivent les roses,
L'espace d'un matin.
（姫は）薔薇《ばら》で、薔薇が生きる一朝の間だけ生きた。

豊富な感情の文学と余情の文学との対立は、日本では余情の文学の勝利で終り、西洋では豊富さが勝ったが、二十世紀になってからますます余情の好さに目が覚めた。いわゆる海外日本文学ブームや日本建築ブームは、この余情精神の発見と結びつくと思う。『細雪』よりも『蓼喰《たでく》ふ虫《むし》』を歓迎する外国の批評家は同じ傾向を示す。日光の東照宮より桂離宮（または日本の民家）を高く評価するのもそのためであろう。

一般の流行に運ばれている欧米の日本文学の専門家は『万葉集』を敬遠しがちで、『新古今集』時代の歌、連歌、俳句等に親しみやすい。が、『万葉集』の研究はおろそかにされているともいえない。欧米の学者が澤瀉先生の『万葉集注釈』に匹敵するような研究を発表する可能性は皆無であろうといわねばならないが、翻訳や紹介や比較文学的分析によって貴重な啓蒙的な業績をあげられる。『万葉集』の動詞の変化に夢中になる言語学者もいるが、私は彼らの心理を了解する力を持たない。
二、三年前から私のコロンビア大学では、一般教養の一つの科目として東洋文学を教えることになった。学生たちは英訳で『万葉集』『源氏物語』『枕草子』『徒然草』、能、等々を読むが、皆『万葉集』に感心する。学生たちは卒業してからさまざまの職業に服するが、どこかの工場の技師や、商人や、新聞記者が時々、暇のおり、『万葉集』の英訳を読んで、その美しさに耽ることもあろう。そう思うと、日本文学の教師の仕事に意義を見いだすし、将来の海外の『万葉集』のより深い鑑賞を予感させられる。

近松とシェイクスピア ——比較情死論

明治の頃から、近松門左衛門《ちかまつもんざえもん》のことを「我が国の沙翁《しやおう》」と称して、近松とシェイクスピアの比較がしばしば行われて来た。この比較の意味は恐らく、シェイクスピアが英国の最も優れた劇作家であるのに対して近松は日本のそれである、といったくらいのことに過ぎなかっただろう。他に類似点は乏しく、作家として全く範疇《はんちゅう》が違うと言ってもいい。しかし、シェイクスピアに比べて近松はどうして人気がなく、読まれていないのかを調べるならば、或いは明治以来の比較に何か意義を見出すことが出来るかも知れない。

現在の英米の文学教育は、以前の通りシェイクスピアの作品を基礎にしている。有名な役者がシェイクスピアの芝居に出れば、観客が殺到することに定まっている。一種の文化的義務を果すために来る人もいるが、多くの観客は芝居を楽しんで見るつもりで入場券を買う。芝居は別として、シェイクスピアの名句は現在でも人口に膾炙《かいしゃ》して、全然教養のない人の会話にも無意識に引用されている。

近松の戯曲は原文通りに上演されることが少く、江戸時代末期の改作しか観衆に知られていない。国文学を専攻する学者の他に、近松の百数十の戯曲の中、十まで正確に言える日本人は何人ぐらいいるだろうか。意識的にせよ、無意識的にせよ、近松の名句を会話に引用する人など一体いるだろうか。日本の沙翁は、英国の沙翁をうらやましく思うに違いない。

近松の研究も大分遅れていると言わねばなるまい。毎年シェイクスピアの新しい研究が何冊も出て、普及版になるものは数万部も売れることは珍しくない。近松の研究には大体三種類認められる。戦前型の「愛の詩人近松」のような論文も、戦後型の「幕藩の封建制の矛盾に抵抗した近松」のような論文もまだ続々出ているが、いずれも行き詰りになって、近松の鑑賞に貢献する可能性はあまりなさそうである。三種類目の近松研究は「古浄瑠璃と近松の関係」とかいうような学問的なもので、優れたものでも読者は非常に少い。西鶴や芭蕉に比べて、近松は確かになおざりにされている。

近松についての最初の問題は、近松はどうしてもっと人気がないのかということだろう。近松を高く評価すべきだと言っても、近松の芝居を要求する観客が殖えなければ、文楽座でも近松の原作をやるよりも改作または近松以後の戯曲を上演することは当然である。

近松の原作が現在上演されていない第一の理由は、近松の時にあったような人形芝居がなくなったからであろう。三人遣《づか》いの人形の発達にともなって、派手な伎倆《ぎりょう》が近松の美しい文章よりも大切に思われて来た。また、現在近松の戯曲が読まれていない理由は、近松は人形芝居のさまざまの要求を満すために読み物としての面白さを犠牲にしたことが多いからであろう。

逆説的に言えば、現在近松の人気を阻むものは彼の芸術的な優秀さであろう。文章がもっと解りやすければ、高等学校の国語の教科書に載るだろう。戯曲の筋がもっと平凡なものなら、『絵本太功記《えほんたいこうき》』のようにたびたび演じられるだろう。が、近松の芸術は世界的なものであると思う。

『曽根崎心中《そねざきしんじゅう》』で大成功を収めた近松は、世界演劇史上に一種の革命を行った。主人公は醬油屋の手代で、女主人公は女郎であるのに、二人とも悲劇的な存在である。

アリストテレスの『詩学』は、悲劇の主人公はわれわれより地位の高い人物でなければならないと定義し、シェイクスピアの悲劇の主人公たちは王様や将軍などに限られている。『曽根崎心中』の徳兵衛のような地位の低い人物は、シェイクスピアの芝居にあまり出ない。出るとすれば、卑しむべき道化が多い。徳兵衛は手代であるばかりでなく、眼識のない弱虫である。それも近松の革命的な発明であった。徳兵衛と大体似た人物は近松の世話物《せわもの》に多いが、シェイクスピアや他のヨーロッパの悲劇には弱虫の主人公はまずないだろう。

近松は後期の世話物の主人公たちに、徳兵衛よりもはっきりした個性を与えたかったのだろうが、もともと日本では西洋ほど個人の観念は発達していなかった。その上、人形芝居は首《かしら》の演劇であったので、首の種類によってそれぞれの人物の性格が大体定っていた。男性、中年、悪玉を象徴した首の人形が出れば、西部劇の敵役の口髭のように、観衆に人物の性格を告げた。近松はその限界を越えなかったが、類型にはまらない人物を作る意志がしばしば現われた。

例えば『冥途《めいど》の飛脚《ひきゃく》』の八右衛門は決して悪玉ではないが、忠兵衛の破滅の直接の原因になる。しかし、八右衛門は大変良識のある人物として描かれているので、でたらめな行為をしたがる忠兵衛よりもわれわれの同情をひく恐れがある。『冥途の飛脚』を見た当時の観客は多分、近松の現実主義に閉口したのだろう。だから『冥途の飛脚』は改作されて、八右衛門はまぎれもない悪玉になってしまった。実社会においても、二人の人間が喧嘩をした場合に、どちらの方が正しいか、なかなか定めにくいことがあるように、近松は芝居にその曖昧さを感じさせたかったが、観衆は許さなかったようである。

曖昧さはシェイクスピアの芝居の主人公の一つの特徴であって、ハムレットは本当に気が狂っていたかどうかなどの論争が止まない。が、近松の芝居にも相当複雑な人物がいる。

『丹波与作《たんばよさく》』の主人公は道楽をし過ぎて、武士から転落し、馬子《まご》に落ちぶれる。賭博に耽り、敗けて子供の三吉をそそのかして姫から財布を盗ませるが、三吉が捕まって死刑に処せられたことを聞くと、恥しくなって恋人の小まんと一緒に心中することに定める。最後の瞬間に二人の心中はふせがれるが、犬侍の与作は立派な活躍でわれわれの同情を得る。現代の読者は徳兵衛の純情よりも与作の曖昧さに魅力を感じるだろうが、近松当時の観衆は感心しなかったようだ。改作物では、与作の出ない「重《しげ》の井《い》の子別れ」の場面だけにしぼっている。

近松にはもっと曖昧な主人公もいる。『鑓《やり》の権三《ごんざ》』は「伊達者《だてもの》のどうでも権三は好い男」と歌われても、ごく打算的な性格を備えていて、自分の利益のためなら平気で嘘もつくし何でもする。最初の場面では、権三は娘のお雪を誘惑した後お雪に文句を言われ、しまいに結婚することを約束する。「此の詞《ことば》を違へなば、たつた今この馬から真逆様《まつさかさま》にころりと落ち、踏み殺さるる法もあれ、心底《しんてい》変らぬ〳〵」と誓う。馬から落ちないので、本当のことを言っているようだが、同日に茶の湯の秘密の伝授が師匠の家族以外にできないと聞くと、今度は師匠の娘と結婚することを約束し、もしも誓《せい》言《ごん》を破ったら「骸《かばね》を往還に曝《さら》す法もあれ」と誓いを立てる。最後の場面に、実際上そういう運命に逢う。本意ない心中にからまって潔く死ぬとき主人公としての資格を証明するが、どうも「男性、青年、善玉」という人形の首《かしら》の類型にはあてはまらない。変った主人公の中で『心中万年草《しんじゅうまんねんそう》』の久米之介は一番英雄らしくない。高野山《こうやさん》の小姓でありながら、山の麓の近くに在る紙屋の娘のお梅と恋愛関係を結ぶ。彼の秘密がばれると、久米之介の「兄分」であった祐弁律師《りっし》がひどく憤慨して、「俗の女を慕ふより、法師の身にて少人《せうじん》を思ふは幾千優るぞや」と叱る。久米之介はわっと声を上げて、「お梅に逢ふて断り立て、縁を切つて来ましたら、元の様にねんごろに可愛がつて下さるか」と聞くと、祐弁律師は喜んで、もちろんのことだと答えて、久米之介の誓文《せいもん》を求める。久米之介は「いかにも誓文立てませふ」と言うが、考えてから「此方《こち》は切らふと思へども、お梅が合点せぬ時は、何としませふ、悲しや」と、いかにも決断力のない男のように見せる。

久米之介は棒で打たれて、高野山から追い出される。お梅のところへ急ぐ。お梅はお転婆で、早速久米之介を二階へ誘って一緒に寝る。男も女も決して類型的ではないから、近松の頃の観衆は狼狽させられたことだろう。が、この二人の美しくて馬鹿な恋人は、死ぬ場面に至るまで立派に悲劇の主人公としての役割を勤めるばかりでなく、世間並みの人間にも測りがたい深さを持っているとも考えられる。近松はこの戯曲でシェイクスピアの『ロミオとジュリエット』よりも急激な人物の展開を遂げたのであるが、日本では久米之介とお梅はロミオとジュリエットほど知られていない。

与作や権三や久米之介を悲劇の主人公らしい人物にさせるのに、近松は道行《みちゆき》を使った。ところが、この日本の芝居の一つの特徴である道行は、不断一種の装飾としか思われていないで、劇的な効果よりも近松の文章の美しさを褒《ほ》めることになっている。

が、以上の作品には道行は非常に大事な役目を果していて、道行がなかったら、悲劇もなかったと言ってもいいくらいである。アリストテレスが、悲劇の主人公はわれわれより優れた人間でなければならないと主張したが、地位が高くなくても、人物の立派さでわれわれより優れてさえいれば、主人公としての資格が充分あるということを近松は証明した。『曽根崎心中』の徳兵衛は、道行に出かけるまでは、絶対に優れた人物ではないが、自分の行動について「此の世のなごり、夜もなごり、死《しに》に行く身をたとふれば、あだしが原の道の霜、一足づつに消えて行く夢の夢こそあはれなれ」と言うところでは、どの王様にも負けないほど沽券《こけん》がある。道行までの徳兵衛はみじめであって、われわれの尊敬を買わないが、寂滅為楽《じゃくめついらく》を悟った徳兵衛は歩きながら背が高くなる。

与作と小まんの道行も、与作が最後に現わした愛情の猛烈さにより、前に軽蔑に値することをしても、悲劇的な死を遂げる人物にさせる。与作は小まんに惚れたときを思い出して、「恋の重荷の馬追ふとても、足も軽々、心も広き豊国野《とよくの》とこそ楽しみし飽かれぬ中を秋の霜、今宵切りぞと気もへりて、窪田に浮名埋《うづ》むかや」と言うのを聞くと（または読むと）、われわれは初めて与作を知ったような気がする。権三はおさゐを愛さないが、「花の枝からこぼれる男」の死に行く道だと思うと、同情が自然に湧く。久米之介とお梅の二人が夜中にお梅の家を逃げる場面は、全く道化芝居のようだが、歩きながらこの二人の子供が大人になって、自分たちの短い生命の貴重さを悟る。「山は眠《ねぶ》りて物いはず、谷の流れよ声立てて人に語るな此の姿」。

このように、近松は彼の戯曲に道行を入れることにより、観客または読者にそれぞれの人物に対して尊敬や同情の念を抱かせたが、観客や読者に、登場人物に対してそのような念を抱いてもらいたくない場合には道行を入れなかった。『女殺油地獄《おんなころしあぶらのじごく》』に道行があれば、全く統一性のない芝居になってしまっただろう。

道行にはもう一つの大事な役目がある。近松の世話物のせりふは大変面白く、さまざまの人物の性格をよく表現したが、あまり綺麗ではない。詩的なせりふは少いし、近松の恋人たちはシェイクスピアの雑兵《ぞうひょう》ほど美しい比喩などを使わない。いかにも散文的な時代であったという印象を与える。が、せりふに詩的な味が薄くても、近松は道行の文で人物を深めた。

シェイクスピアの芝居にもやや似た手法がある。例えば『尺《しゃく》には尺を』の中でマリアナという女性が登場するとき、少年はシェイクスピアが書いた歌で一番美しい中の一つを歌う。マリアナはものを言わないが、美しい歌を聞いたというだけでわれわれに好感を与える。しかしマリアナが後でものを言っても、観客または読者に訴える力は最初ほど強くはない。近松は道行にしばしば当時の流行歌を引用したが、これは徳兵衛らの身の上に、過去に死んだ恋人たちの悲しみを負わせるためだったろう。

近松が類型にあてはまらない変化に富む複雑な人物を作り得たことは、直接の作家としての功績を高めたが、人形芝居としては損であった。観衆は区別しやすい善玉と悪玉が欲しかった。権三の人形の綺麗な首《かしら》を見て、観客は権三をつめたい人物だと納得できなかっただろう。同じ首で芝居を通す人形に、久米之介などで認められる精神的発展は無理であったと思う。そして近松の浄瑠璃の得意であった道行の文章も、猫に小判みたいなものではなかったかとも思う。近松物の改作の多くは、詩的な部分を省いて、解りやすくしたものだが、これは多分観衆の要求に応じたためだろう。

文楽座の出しものを調べても、近松の不人気の原因が大体分る。近松はギリシャの悲劇の作家たちのように、時、処、筋の三一致法則を世話物で狙った。一人でこの普遍性のある法則を発見したことはみごとなものであったが、現在の観客は普遍性のある進んだ戯曲よりも、徳川後期の作品の無秩序を好む。『菅原伝授手習鑑《すがわらでんじゅてならいかがみ》』や『義《よし》経千本桜《つねせんぼんざくら》』のような全く統一性のない芝居をときどき通して上演するのに、近松の傑作といわれている『心中天《しんじゅうてん》の網島《あみじま》』を通してやることがない。この事実から観客の要求が推測できる。そしてこの要求が誤っているとは言えない。去年、私の多年の希望が叶って、文楽座で『鑓の権三』を見ることが出来たが、残念ながらあまり面白くなかった。『絵本太功記』のような出しものは、筋は下らないが、人形芝居として『鑓の権三』より遥かに面白い。現在人気のある人形芝居にはお涙頂戴の、荒唐無稽な文学的価値のないものが多いが、やはり演劇として近松の傑作よりも観衆を喜ばせる。

近松は歌舞伎の役者が勝手に自分のせりふを変えることを嫌って、我意《がい》を張らない人形のために芝居を書くことにしたそうだが、人形芝居の太夫や演出家の希望と妥協しなければならなかった。近松が、鑑賞眼の低い客の趣味と妥協した例も多い。例えば『女殺油地獄』の下《げ》の巻《まき》に、与兵衛がお吉を殺す場面があるが、そこは世界戯曲文学の一つの高峰であると思うが、与兵衛が下手人であったことを知らせるのは鼠である。「折節居間の桁梁《けたうつばり》通る鼠の怪《け》しからず蹴立て、蹴掛くる煤埃《すすぼこり》。反古《ほうぐ》をちらりと蹴落して鼠の暴れは静《しづま》りぬ」。「反古」を見て、与兵衛の犯罪が解るが、読者としてはいろいろ疑問が湧く。「どうしてあんな処に与兵衛は紙を落したのであろうか」等々言うが、近松の当時の幼稚な趣味を持った観客は大いに鼠を歓迎したであろう。

近松と彼の観客との間にはもっとひどい妥協があった。『難波土産《なにわみやげ》』に引用されている近松の言説を読むと、その鋭さや現代性にびっくりする他はない。私が特に感心する言葉は「あはれをあはれ也といふ時は、含蓄の意なふしてけつく〔かえって〕其《その》情《じやう》うすし。あはれ也といはずして、ひとりあはれなるが肝要也」である。が、近松の芝居は「あはれ也といはずして、ひとりあはれなる」という法則に従わない。私が近松を英訳していたときに、一番困ったことは、近松が何千回も使った「悲しや」または「嬉しや」などの言葉をどう英語に表現したらいいかということであった。と言うのは、言わなくてもいいと思うことが多かったからである。近松の芝居の人物は絶えず涙にくれているから、英訳には「含蓄《がんちく》」がなくなる場合もある。例えば『丹波与作』には、重の井（滋野井）の悲しみについて以下の地の文が続々出る。「魂の底、心の底、肝より出づる憂《う》き涙」「わつと平伏《ひれふ》し声を上げ、人の推量思はくも忘れ果てて泣きゐたり」等々。近松はこういう描写で自分の言説を裏切ったが、当時は――現在もそうであるが――太夫の啜《すす》り泣きは人形芝居の一番人気のあるところであったろう。

近松は世話物で相当観衆の趣味と妥協はしたが、充分に妥協することは出来なかったようであるので、現在は原文の通り世話物をやることはない。その代り、ある程度まで妥協したために、読み物としての面白さが大分減っている。近松は板挟みになって、現在の観客または読者の人気を呼べない。が、「日本の沙翁」としての評判は動かない。

近松に必要であったものは新劇のような劇場であった。当時の歌舞伎は近松を満足させなかったし、人形芝居も近松の世話物の意志に反していた。『鎗の権三』や『心中万年草』はシェイクスピアが利用したような劇場で演じられたら、シェイクスピアの傑作に劣らない戯曲になり得たと思う。現在の日本では初めて近松の希望通りの演出ができるが、今まで映画や新劇で上演した場合、大抵下らない改作に倚《よ》る。これはきっと私のような素人には解らない上演の困難さのためだろう。

ともかく、私は近松を世界有数の作家の一人だと思う理由として、英訳をしながら痛切に感じたことの二、三を記したに過ぎないが、もしこの小文が誰か日本人の近松を蘇生させる刺戟ともなれば、幸甚である。

近松と欧米の読者

もし誰か日本人がこれからシェイクスピアの新訳をやるということを発表しても、そういうことをするのを不思議に思うものはいない筈である。それほど、シェイクスピアの声価は動かせないものになっていて、仮にもし新訳が幾通りも試みられることになっても、それは別に不当な感じを人に与えないに違いない。のみならず、それがもしいい訳ならば、日本の読者（及び観衆）がそれを喜ぶことも期待出来る。しかしそれがよくても、悪くても、恐らくそれは英国では問題にならなくて、今日ではシェイクスピアは既に英国だけのものではなくなり、日本でも、シェイクスピアをどうしようと日本人の勝手なのである。

これが近松では、話が正反対になる。私が近松の作品を十一篇訳したことについて私はよく日本人に、どうして他のもっと現在、人気がある、例えば西鶴のような作者を選ばなかったのか聞かれる。また、近松の戯曲を訳すことの難しさも問題になって、地口《じぐち》や、掛詞《かけことば》や、道行など、ほとんど他の国語に直すことは考えられない例が幾つも私に向って示されることになる。つまり、近松が日本だけのものでないのと反対に、そういう人たちの考えでは、近松や近松の世界を支配している義理とか人情とかの観念のようなものは、日本人にしか理解出来ないものなのであり、訳に誤訳が見つかれば、彼らは早速そのことを発表する。

この二つの相反する態度が、長年にわたる経験の相違から来るものであることは言うまでもない。英国人も、もし他にシェイクスピアの訳というものがなかったならば、それが日本語に訳されると聞いて興奮するかも知れないし、そうなれば、その日本語に訳す仕事に当る日本人に、エリザベス時代の英国の社会に認められる各種の特色が理解出来るかどうか、また、英語とは全く違った国語でシェイクスピアの地口や、当てこすりや、影像や、或は脚韻を踏んだ詩句とブランク・ヴァース（無韻詩）が違った印象を与えるのがうまく伝えられるものかどうか、ということが心配になることも考えられる。また、日本人に、英国人と同様にオセロの嫉妬やリヤ王の烈しい不満が感じられるものかと危ぶまれもするだろうし、さらに（近松を訳すことについて一部の日本人が心配しているように)、シェイクスピアの訳を読んだ外国人が今日の英国というものを誤解しないだろうか、ということまで問題になりかねない。

こういう態度が日本人の間に多く見られるのは、彼らの国の文学が長い間、世界で孤立していたからである。明治以前、日本と中国の交渉が始まって以来、ほとんど千年間にわたって日本人は中国の文学に親しみ、これを翻訳し続けたが、中国人は日本のものを全く何も訳さなかった。この不均等な関係が日本人に、中国の文学は、中国人、日本人、安南人などがいずれも同様に楽しめるものであるのに対して、自分の国の文学は外国人に伝えられない、特異な何か宝物のようなものだという考えを持たせたに違いない。しかしこの状況は、十九世紀にヨーロッパの学者たちが日本に来るに及んで一変した。彼らはたちまち日本文学に興味を持って、明治以前にも、日本の詩や散文をめいめいの国語に翻訳した。そして過去四十年間にこの仕事は長足の進歩を遂げて、今日では日本文学で日本人が古典と称しているもののほとんど全部が、全訳或は抄訳の形で外国に紹介されている。ことにこの十五年間に、それまで無視されていた元禄時代の文学が訳されるようになって、英語で書かれた研究では西鶴については四つの優れたものが発表され、芭蕉も幾つかの研究が英国とドイツで出ている。

しかしまた、日本文学の外国語訳が、外国文学の和訳ほどは重要な役割を果さないことも事実である。これは、日本では一般の生活が近代化して、ほとんどすべての点で欧米の文学に描かれているような人間の生活と変らないものになっているのに対して、欧米では一般の生活がまだ僅かしか、日本人の伝統的な生活の仕方に近づいていないことから来ている。もっと簡単に言えば、日本人ならば大概、誰でもがフォークとか匙《さじ》とかを使った経験があるのに、欧米の人間で箸を使ったことがあるものはまだそのごく一部分に限られているのである。日本人ならば、外国の建築や家具について知るのに外国まで行く必要はないが、日本に来たことがない欧米の読者は、日本文学で縁側とか炬燵《こたつ》とかいうことを読んで途方に暮れる他ない。また、大概の欧米の植物は今日の日本で誰でもが知っているもので、外国文学を訳す時にカーネーションの匂いとか、ポプラの木の風情《ふぜい》をわざわざ説明することはないのと違って、日本の植物はごく少数の例外を除いて外国の植物学者にしか知られていない。ここに一篇の英語の詩があって、それが林檎《りんご》の味や皮の光沢を材料に使ったものであるとすれば、それを日本語に訳すことは出来ないことではないが、とろろや納豆の味や外観が出て来る日本の詩は、欧米の国語には訳せないのである。

これに対して、近松の戯曲は例えば、とろろのことを知っていなければ意味をなさない俳句というようなものと違って、ただ一つの影像に頼るものではない。その言葉の上での技巧の非常に多くの部分が翻訳されることで失われはしても、それでもその後に残るもので我々は彼を劇作家であるのみならず、詩人として感じることが出来る。彼のどの作品でも、その最も美しい部分をなしているのが道行であるが、これを訳すと時にはあまりにも複雑なことになって、欧米の読者がそれを読んで楽しむというわけにはいかなくなる（『心中天の網島』を訳している際に、私はその道行の単に表面上の意味を説明するのに十三の脚註を付けなければならなかった）。しかし時には『曽根崎心中』の道行のように、英語でも日本語とほとんど同じくらい、近松の言葉の美しさが感じられるのがある。

しかしいかに忠実に、また、巧みに翻訳しても、近松が多くの欧米の読者に読まれることになるということはないかも知れない。それは彼の世界が欧米の現在からも、過去からも遠いものであるのみならず、日本人にさえも次第に理解しにくいものになって来ているからである。近松の作品が日本で映画化されたのを見たものは、今日の観衆に話を受け入れやすくするために、近松の原作の筋が相当に変更されていることに気がついたに違いない。『鑓の権三』では市之進が立派な人間として描かれていて、この人物がその妻の弟に介添えされ、妻の両親の承諾を得て不実な妻を討ちに旅立つのは、賞讃に値する行為なのである。市之進は妻に出会って、一刀の下に斬り伏せ、近松にとって話のいきさつからすれば、これはそうあるべきことなのだった。ところが、映画では市之進が憎むべき冷血漢になっていて、この人物の行為を支配している道徳観が欧米人と同様に、今日の日本人にも喜ばれないことは明らかである。日本人の中にはこういう道徳観を「封建的」であるとするものがあるが、それはヨーロッパの封建制度とも全く違った性質のもので、欧米の読者の多くはこれに反撥する。と同時に、それも近松が作り出した特殊な世界の一部をなすものとして受け入れる読者もいるわけである。

近松の魅力は確かに特殊なものである。彼はシェイクスピアのように、原文や原作の背景とは関係なしにほとんどどこの国でも上演出来る普遍的な作者ではない。今年の正月に、私はサイゴンで安南の歌劇の伝統的な言葉遣いを用いた『冬の夜ばなし(冬物語)』を見たが、作品がこの新しい形式に完全に改められていても、筋や人物の性格は原作通りで、そしてこの試みは非常な成功だった。近松では、そういうことは出来そうもなくて、例えば、登場人物が英国人や安南人に変えられた『心中天の網島』というものは想像し難い。そのように違った世界に持っていったのでは、各人物がすることは異様に感じられるのみならず、許せないものになって、治兵衛には妻があって子供が二人もいるのに、家族に対しては全く無関心の様子で一人の娼婦と死ぬ決心をする。小春も他に養い手がない母親がいるのを見捨てて治兵衛と死ぬ気でいる。治兵衛は小春が話しているのを立ち聞きして、自分と死ぬ約束をしたのを反故《ほご》にするつもりなのだと思い込むと、すぐに小春に斬ってかかる。そしてそれに失敗して、今度は小春の額を蹴飛ばす。欧米の芝居にこういう場面が出て来れば、その人物は観衆の反感を買うことになって、それは日本人でないものに「封建的」な道徳観や義理が解らないからではない、その反対であって、欧米人の考えからすれば、治兵衛と小春はいずれもその家族に対する義理に欠けているのであり、治兵衛がやることは軽蔑する他ないものなのである。おさんがその夫と一緒になって小春を身請けするのに一生懸命になるのもどこか無理なところがあって、おさんが自分の将来のことが心配になり「ハテ何とせう子供の乳母《うば》か。飯炊《まま》たきか。隠居なりともしませう」と言う時は、欧米の読者も同情するが、この問題に解決を付ける代りに、おさんはそのすぐ後で、「手足の爪《つめ》を放しても、皆《みな》夫への奉公、紙問屋《かみどひや》の仕切銀《しきりがね》。……サア〳〵早う小袖も着替へてにつこり笑うて往《い》かしやんせ」と言う。欧米の読者は日本の女がそういうことを言うのは信じるかも知れないが、それが欧米の女の口から聞けるということは考えられない。また、小春と治兵衛が最後の場面で、死後におさんに対して義理を欠かないように心を砕くのは、実際よりも外観に重きを置く道徳観の仕業であるように思われる。

近松の傑作の一つに数えられている『心中天の網島』は、こうして或る特定の時代と場所に属するものであって、それを外国の、或は今日の日本での出来事に翻案することさえも想像出来ない。しかしこれは他の多くの偉大な劇作家についても言えることであって、必ずしも欠点であることにはならない。むしろ、それが近松の作品に認められる長所の一つとも考えられるのであり、シェイクスピアがエリザベス時代の普通の英国人を描いたのよりも遥かに正確な印象を、近松は日本の元禄時代の町人というものについて我々に与えてくれる。シェイクスピアにとっては、商人とか百姓とかいうのは、喜劇にしか適していない材料だったので、悲劇となれば、アリストテレスの言葉に従って、我々よりも心情の点で優れているのみならず、社会的な身分も上の人物が必要だった。ハムレットは自分の運命を決定するだけの権力がある王子だったが、近松の世話物に登場する人物はすべて、彼らが属している社会の支配を脱することが出来ないものばかりである。勿論、彼らは数の上では元禄時代の日本の社会を代表するものではなくて、当時の商人の大部分は心中などしなかった。しかし近松の人物たちのものの考え方や、振舞い方は、当時の観衆に完全に理解出来るものだったのみならず、感動に値するものだったのに違いなくて、治兵衛がすることは欧米人の基準からすれば男らしくないし、兇悪にさえ思われても、元禄時代の町人には、治兵衛の情熱は普通の、それほど感じやすくない人間の態度よりも立派なものに見えたのであり、それ故に、その意味ではこれはアリストテレスがその詩論で言っていることと一致している。今日の人間でさえも、近松の人物がすることの或るものには理論的に反撥しても、そういう行為にも一切の理論を排する情熱を感じないではいられない。自滅に向っての、死以外による解決の方法があることを考えようともしない恋人たちのひたむきな行動には、我々の理性に沈黙を命じる或る高度に純粋なものがある。

もう一つ、我々がここで忘れてはならないのは、近松の作品がすべて多分に音楽的な性格を持ったもので、それ故にこれを劇場で見るのとただ読むのでは、その効果が非常に違うということである。近松の時代物は幻想とか誇張された言い廻しとか、そういう経験の分野を積極的に開拓している点で事実、ヨーロッパの歌劇に似ていて、こういうことは今日の劇場でも音楽の伴奏なしには生かされない。例えば、一種の詩的な非現実の境地を作り出すための音楽なしに、ワグナーの歌劇に出て来る竜や小人や魔法使いを見たならば、笑わずにはいられないのと同じである。近松の時代物というのはそういう作品なので、もっと現実的な世話物でも、音楽の伴奏や人形の様式化した動作は、登場人物に言葉を読むだけでは感じられない何ものかを加えたに違いない。

近松の戯曲を十篇読むことから得る元禄時代というものの印象は、そのどの一つから得られるものよりも強くて、ここでは全体がそれをなしているものの総和よりも大きいのである。しかしシェイクスピアの作品の題材や、そこに出て来る人物が多様をきわめているのに馴れた欧米の読者は、近松の世話物十篇が与える印象を単調なものに感じるかも知れない。その終りで必ず心中するか或は危ういところで助かる近松の商人や娼婦は、多くの性格を共通に持っていて、徳兵衛や、忠兵衛や、治兵衛という名が付いた人物を区別するのは容易なことではない。これは一つには、個人というものがまだシェイクスピアの英国でのほどには発達していなかった社会の反映であるが、同時にまた、これは社会というものに対する見方の違いからも来ている。シェイクスピアはそこに無限に多様なものを認め、近松やラシーヌは幾つかの不変の主題があるだけだと考えた。その態度は違っているが、近松の目的はシェイクスピアと同様に、自分が作り出す人物に悲劇的に偉大なものを見出すことにあった。そしてそのために身分が低い、何でもない人間を選んで、紙屋でも激烈な恋愛の情を経験することが出来ることを示すことで近松は、シェイクスピアとは違った具合に我々の心を動かすことにもなるのである。

この近松が描いた、どこにでもいるような人間の悲劇の特異に人の心を動かす性格が、私にその作品を訳すことを決心させた主な理由だった。しかし私が最初に近松を知ったのは、コロンビア大学の学生だった時代に読んだ『国性爺合戦』によってだった。私はいろいろな事情からこれを私の博士論文の一部として訳し、その後、私は他のことで忙しくて、一九五三年に最初に京都に来た時には、日本にいる期間を芭蕉の研究で過すつもりでいた。しかしその年の十二月に私は『曽根崎心中』を南座《みなみざ》の顔《かお》見世《みせ》興行で見て、すぐにもこの作品が訳したくなった。それから私は近松の他の作品も読んで、やがて近松の作品を一冊分、英訳することを思い立った。近松のものがそれまでにあまり訳されていなかったことも、私にそのことを思い立たせた理由の一つだった。

訳しているうちに、私は何度か落胆した。今思い出したが、『鑓の権三』を訳し終った時、私はそれをかなり出来栄えがいいものに思って喜んでいると、友人の一人がそれを見せてくれというので渡したところが、何日かたって友人は訳を返して、退屈に思うと言った。これは私にとっては意外であって、訳をなるべく原作のように面白くするために初めからやり直さなければならなかった。私はどの作品も平均三度は訳し直し、中には五度訳し直したのもあった。しかしそれでも原稿を出版社に渡した時、まだ手の入れ方が足りないような気がしてならなかった。読みやすい訳にすることを困難にした最も大きな理由は、私が英語で伝えるのがどんなに面倒であっても、何も抜かずに作品の全部を訳す決心をしたことだった。時には、どうにも明確な解釈のしようがない個所があって省きたくなることがあっても、それでもしまいには近松が使った言葉の全部を入れることが出来た。また、原作の筋に欠陥があるのが気になったこともあった。例えば、『鑓の権三』ではお雪のお付きがお雪と権三の結婚の仲人になるようにおさゐに頼みに行くところがあるが、このお付きはそれまでおさゐに会ったことがなくて、何故、仲人など頼みに行くのか解らない。それで私はそこの部分をもっと自然に受け取れるようにする一行を加えることを考えた後、結局、原作に従うことにした。他の作品では(例えば、『油地獄』で鼠が天井から紙切れを落す場合など)、作品の調子を下げるものと思われる一場面全体が省きたくなったこともあったが、やはりそれはしないことにした。

私の訳に認められる欠陥にも拘らず、私は少くとも、近松の作品の実際に優れている点は解って貰えるのではないかと思っている。その対話が生気に満ちていることや、感情の分析が精緻をきわめていることや、風景描写の美しさは世界の劇作家の中でも彼に非常に高い地位を占めさせている。英国人やアメリカ人の読者が彼をシェイクスピアと比較するのは止むを得ないことで、これは彼らの多くにとってシェイクスピアが、古典文学の中で彼らが知っている唯一の劇作家であることから考えても、そうなる他ない。しかしこれは近松に対して不公平で、そうして比較すれば彼の弱点ばかり目に付くことになる。近松がハムレットや、フォルスタフや、リヤ王や、マクベス夫人のような人物を作り出したとは義理にも言えない。彼の人物はそれとは別な世界に属していて、この商人や身分が低い士《さむらい》の世界には英雄的な気分に浸る余地がない。彼が描くのは、王国の運命を左右する性質の問題について決断を迫られているのではなくて、金がないとか、自分の家庭の外に好きな女が出来たとかいう種類のことに悩まされている人たちなのである。しかしちょうどそういうことを扱っている二十世紀の劇作家たちと違って、彼はすべて最高の芸術がそうであるように、そういう人物を越えて彼らを詩の世界まで引き上げている。

私の『近松傑作集』がどの程度に読まれるか解らない。古典劇の翻訳が教室以外で読まれることは滅多になくて、私の訳を通して多くの読者が近松を発見するというのは望めないことである。それを読むものの一部は（前に挙げた理由によって）、その特殊な道徳観に反撥するだろうし、他のものは二、三篇読んだ後で興味を失うに違いない。しかし私は少くともその読者の一部が、近松が世界の最大の劇作家と呼んでいい何人かの人たちの一人であり、彼の作品が単に徳川時代の日本のみならず、人間に課されている幾つかの恒久的な問題について我々に教えてくれるものであるということで私と意見が一致することを望んでいる。近松の実際の関心はそういう問題にあった。もし私が何人かでもそのような読者を得ることが出来るならば、私の長い間の仕事は十分に報いられたことになると思うのである。

啄木の日記と芸術

戦後の石川啄木《いしかわたくぼく》の日記の出版の結果として、いろいろの意味で啄木の真個《しんこ》の姿が解ったと言ってもよい。今までの啄木日記についての研究の多くは主として日記によって啄木の伝統や思想を説明するが、私は今度日記と啄木の芸術との関係に注目したいと思う。

まず第一に、なぜ啄木は日記をつけたか。もちろん簡単に答えれば、他の日記をつける人々に違わず啄木も、その日その日の出来事を記録してそれらに一種の永久性を与えようとしたと言えないこともない。啄木は「日記を書くといふ事は、極めて興味のある事である。書く其時も興味がある。しかし幾年の後にこれを読み返す時の興味は更に大いなるものであらう」と書いた。だが、啄木の場合には、少くとももう二つの要素があった。その一つは、啄木は自分の詩人としての才能が成長するに従って、周囲の人々と十分な文学的な乃至《ないし》知性的な交際ができなかったので、一種の孤独を感じた。それは特に渋民《しぶたみ》へ帰ってから（明治三十九年）の現象であった。（渋民は、家並百戸にも満たぬ、極く不便な、共に詩を談ずる友のほとんど無い、自然の風致《ふうち》の優れた外には何一つ取柄の無い野人の巣で、みちのくの広野の中の一寒村である）（明治39年3月4日。以下、数字のみ記す）。啄木は「詩を談ずる」ことができなかったために、日記の中で自分の詩や人生などについてのあらゆる感想を表わした。東京へ戻ってからは「詩を談ずる」機会があったが、啄木の他の悩みを表現するには、日記は彼の気質に最も適合した。一般に言えば、啄木が自分の周囲との矛盾を感ずれば感ずるほど日記が面白く、文学的な価値がある。しかし、啄木がいくら早く日記を書いたにしても、相当な時間がかかったに違いない。だから、大体において日記をつけるか創作を書くかのような無意識的な選択が行われたろう。明治四十三、四年は啄木が創作に力を集中して、日記を疎かにしたから、その文学的な価値は少い。つまり、年代によっては啄木は自分の創造力と芸術を日記に注ぎ、日記自体を立派な創作とした。そういう意味では、日記は伝記や思想の補助資料より、啄木の優れた作品として読まれるべきだと信ずる。

もう一つ日記をつけた理由はそれに結びつく。啄木には（意識的にしろ無意識的にしろ）後日、日記を創作に使う意図があったようである。とにかく、作品を書くにあたって日記を参考にしたことは明らかである（41・8・2等を見よ）。『菊池君』のような事実に基いた小説を書くときは、釧路の日常生活の細かいことを日記によって補った。それと同時に、啄木は日記を日記として発表しようとしたこともあった。『林《りん》中日記《ちゅうにっき》』は啄木死後の大正二年に出たが、既に明治三十九年十二月七日の日記にはこう書いてある。「この日記を訂正して、『林中日記』と題し（其一）五十枚許《ばか》り『明星』へ送った」。だが、とうとう『明星』には出なかった。

『林中日記』を訂正されていない日記と比べると、啄木の芸術（特に明治三十九年の芸術）の二、三の特色が表われると思う。日記（39・3・7）にはこう書いてある。

「一昨日も昨日も今日も、高等科の児等が遊びに来た。恐らくこれから毎日来ることであらう。一体自分はよく小児らに親まれる性と見える。そして自分も小児らと遊ぶのが非常に楽しい」

『林中日記』は、

「一昨日も昨日も今日も、小供等が遊びに来た。これから毎日来るであらう。手足が真黒でも、来る度半風子《はんぷうし》〔虱（シラミ）〕を落して行つても、彼等は皆我が弟である」と。

私は何となく『林中日記』の方が嫌いである。日記を読めば、啄木がどんなに子供たちと一緒に遊ぶことが好きだったかを直接に感じる。『林中日記』の方は芸術的であって、芸術的であるからこそ作った臭みがあると思う。啄木は外から汚い子供に対する自分自身の親切さを見て、感心しているようである。「半風子」のように気取った表現を使えば、かえって自分の直接的な経験から離れてしまう。日記を『林中日記』のどこと比べても同じ傾向を認められる。日記の生き生きしている啄木が、『林中日記』では一種の「田舎詩人」の型にはまることが多い。

以上の例から察すると（しかし決して以上の例だけではない）、啄木は珍しくも真の即興詩人であり、彼の場合改作は改悪になりがちであった。そして改作は非常に少かった（日記は一字も変えなかったようである）。一番手を加えた散文（小説など）はむしろ失敗である。例えば『鳥影《ちょうえい》』という新聞小説を書きだしたころは大変苦心したが、『鳥影』の初めの方はあまり興味のあるものではない（41・10・13を見よ）。

後の方はほとんど考えずに書いたものである。「話をし乍《なが》ら（九）の一を書いて送った」（41・12・8）と。案外、終りの方は文学として面白い。「盆踊」の場面は特に優れている。

しかし、即興詩人の欠点は構想にある。『鳥影』は未完成のままに放っておかれた。他の小説の多くもそうである。そういう意味で、定った形の歌と何の形もない日記が最も啄木の芸術に適合したとは言えないか。詩や小説の場合には、彼の技巧が足りなかったことが少くない。

『林中日記』に戻ろう。その最後の文章は、次の通りである。「今日予は一時間一人泣いた」。

しかし日記（39・3・27）を見れば、泣いたことを書いていない。九ヵ月後に「一時間一人泣いた」ことをまだ覚えていたかも知れないが、恐らくそうではなかろう。むしろ啄木は、文章の終りに「泣いた」と書くと、感じが収まると思ったのではないか（または九ヵ月後に日記を読んだとき泣いたかも知れない！）。こんな処に啄木の無意識的な芸術の考え方が表われていると思う。啄木の意識的な芸術の考え方は何度も変ったが、かなしみに対する観念は、沈んだ川のように絶えず啄木の文学に流れている。

「歌は私の悲しい玩具《ぐわんぐ》である」と啄木は書いた。まさにそうである。『一握《いちあく》の砂《すな》』と『悲《かな》しき玩具《がんぐ》』を読みながら、「悲しい」や「涙」や「泣く」の類の言葉の数に打たれた。「悲しい」だけでも大体七首に一度出て来る。「我を愛する歌」のなかでは連続する七首のうちの五首まで「かなしい」という言葉を使っている（「ある朝のかなしき夢の」からである）。一つ一つの歌を読めばいずれも良いが、全部を読むと近松の名言を思い出した。「あはれをあはれ也といふ時は、含蓄の意なふしてけつく〔かえって〕其情《そのじやう》うすし。あはれ也といはずして、ひとりあはれなるが肝要也」（『難波土産』）と。

もちろん啄木は悲しむ理由が十二分にあった。だが、「かなしみ」を本体とした歌よりも日記が本当の啄木に近いと思う。前に述べたように、日記には「一時間一人泣いた」とは書いていなかった。その代りに、いろんな面白い、啄木らしいことが載っている。「自分は今、ギリシヤの古《いに》しへの文明を研究したいと思つて居る」「自分は今、疑ひもなく、一ヶの古代追懐者である」（それについての啄木はアーノルドの「ドヴーの浜辺」を引用する）。「欧羅巴《ヨオロッパ》三千年の歴史を罵つて、退化の記録のみと激語したリヒヤード・ワグネルの心も忍ばるゝ」「その昔、神の庭に演ぜられた演劇は、今、紳士と貴婦人の前に演ぜられる」「自分が今迄二年許りの間に実験し考察し研究した所の決論によると、生霊《いきりやう》、幽霊の存在は無論の事、神を見、神の声をきゝ、夢中に暗示せられ、人を呪ひ殺し、未来を洞察し、千里以外の出来事を知り、人の心を読むなど、乃至一切の迷信とせられる事は、皆確実なる理由を有する合理的の事柄である。……科学と形式万能の今の世に、この研究を発表したなら如何《いか》に愉快な事であらう」等々。

かりに『林中日記』の方が芸術的だと評せられるとしても、私は芸術的でない元気に溢《あふ》れる日記の方が好きである。そして、歌の美しさと革命的な重要さは十分に認めても、啄木の全体の姿が歌には表われていないと感ずる。「これは歌らしくないとか歌にならないとかいふ勝手な拘束を罷《や》めてしまつて、何に限らず歌ひたいと思つた事は自由に歌へば可《よ》い」と啄木は『歌のいろいろ』に書いた。全くそうであるが、「歌ひたいと思つた事」が問題である。例えば、啄木が大いに尊敬した作家のイプセンの像についてこういう歌をよんだ。「このおきな筆を立てては虎のごと髯《ひげ》は少女のとめ針のごと」と。これは啄木の十八歳のときの歌であるから、その物足りなさをあまり手きびしく批評しなくてもよかろう。だが、既にイプセンの『ボルクマン』を翻訳した啄木は、もう少し意味の深い歌がよめた筈である。しかし、啄木の「歌ひたいと思つた事」のなかに文学は含まれていなかったようである。啄木ほど文学を愛する詩人が自分の作品のなかで、(歌だけではなくて、詩も評論もそうであるが) 文学にほとんど触れなかったのは、詩歌の範囲を制限したと思う。音楽も美術もよく日記や書翰《しょかん》に出ていながら、その他の作品に出ないことは、これらの作品が啄木の全体の経験を表現し得なかったことを暗示するではなかろうか。

啄木は一体、どんな文学を読んだか。日記から察すれば、主として外国文学と当時の日本文学に興味を持っていた。外国文学のうち英詩とロシヤの小説を最も好んだが、その外に驚くべきほどの数の小説、戯曲などを読んだ。当時の日本文学についての啄木の批評はいつも鋭い。その代り、明治時代以前の日本文学に対して、案外無関心であった。カルタの好きな啄木は勿論百人一首を熟知して、高く評価した。「時に巧を辞句の末に競ひてうれしき心地せぬ詠口《よみくち》もなきにあらねど、大方は今の世の我々がきいても有がたく思はるる歌なり。いと深き心の声を珠の如き言の葉に述べつらねて、げに不朽の調《しらべ》ぞと思はるるも少なからず」(40・1・4)。これは日本古典文学の批評として一番長くて詳しいものである。

明治四十一年の夏には相当日本古典文学を読んで、毎晩のように当時はやった女義《ぎ》太夫《だゆう》を見に行った。『万葉集』を読んで、「あるかなきかの才を弄ばむとする自分の歌がかなしくなつた」（41・7・11）。蕪村を読んで、「唯々《ただただ》驚くに堪へたり。四時の時計をきいて初めて巻を捨て灯を消せり」（41・8・5）。同日に、「義太夫本を読む。傾《けい》城阿波鳴戸《せいあはのなると》巡礼歌の段、涙落ちて雨の如し。物の本をよみて泣けること数年振《ぶり》なり」。『源氏物語』も熱心に読んだ。

つまり、四十一年の夏、疎《おろそ》かにしてきた日本古典文学に戻った。「散文の自由な国土にゐると時として詩歌の故《ふる》きが恋しくなる」と啄木はその頃書いた。恐らく長い間外国文学の国土にいた啄木は、日本古典文学が恋しくなったのであろう。しかし、どんなに『万葉集』や蕪村や『阿波鳴戸（鳴門）』に感心しても、その感情を詩歌で表現しようとはしなかった。『万葉集』を読んだ晩、確かに枕詞《まくらことば》を上句《かみのく》とした歌を作った。「狭丹摺《さにづら》ひ明けゆく海を一すぢにいざ帆をはらむ君がいそべへ」と。しかし、キーツがチャップマン訳のホメロスを読んだときのように、自分の経験を結晶として詩としたことはない。

それに関連して、啄木が文学からあまり慰めを得なかったことを認めなければならない。他の詩人の伝記を読めば、最も絶望した時は文学から強い慰めを得たというようなことが多い。啄木は『万葉集』と『阿波鳴戸』を読む間、電車の前に「跳込みたくなつた」ことがあり、跳込まなかったのは、文学や自分の詩人としての将来を考えたためでなく、「自分は自分の歌をかいた扇を持つてゐる。死ぬと、屹度《きつと》これで自分だといふ事が知れるだらう」(41・7・27)という理由のためであった。人の文学から慰めを得ず、自分の文学の価値にたびたび疑問をもった。人間そのものの価値さえ疑った。「如何なることにしろ、予は、人間の事業と云ふものをえらいものと思はぬ。……人間のする事で何一つえらい事があり得るものか。人間そのものが既にえらくも尊くもないのだ」(42・4・10)

こんな状態になると、フランスの作家のヒュィスマンスの言によれば「自殺か教会か」の選択である。しかし、啄木は自殺できなかった。「死にたい。けれども自ら死なうとはしない！　悲しい事だ、自分で自分を自由にしえないとは！」(41・6・29)。啄木にとって教会(または寺など)も不可能であった。或る評論によると、啄木が「生涯を通じて宗教を拒否しつづけた」というが、私は賛成ができない。寺や教会が嫌いであったことは確かであるが、無教会主義の基督教《キリスト》に相当影響を受けたようである。「枕につきて後、涙流れてとどまらず。嬉しさ、有難さ、思ふほどに〱胸にあまりて、法恵の雨、今しとどにわが魂を洗ふかとぞ覚えし。あゝ、神は人々の心に宿れり。かくてもこの世にいと大いなる力なしといふをうべきや、黙禱《もくたう》多時にして漸《やう》やく眠りに入るをえたり」(40・1・8)。啄木はだんだん、不幸の集中するに従って、この信念を失ったが、宗教を拒否したのではなかった。むしろ信念のある人が羨ましかった。『鳥影』の中の人物の吉野は画家であるが、実は啄木自身をモデルとした。吉野が智恵子に、

「貴女は親兄弟にも友人にも言へない様な心の声を何に発表されるんです？　唱歌《うた》にですか、涙にですか？」

「神様に……」

「僕にはそれが無い！　以前にはそれを色彩《いろ》と形に現せると思つてゐたんですが、又、実際幾分づつ現してゐたんですが、それがモウ出来なくなつた」

これが啄木の態度であったらしい。最後の歌の一つに同じような感じが現われている。

クリストを人なりといへば、
妹の眼がかなしくも、
われをあはれむ。
（『悲しき玩具』）

とにかく、啄木が生涯の最も真剣な危機に臨んだときには（明治四十二年の春）、自殺もできず、宗教やその他の自己を超越する存在に寄ることもできなかった。人は啄木の最後の半年はもっと真剣な危機であったと思うかも知れない。だが、その時分は啄木の悲劇はもう大詰め《カタストロフィ》へ驀地《まっしぐら》に走っていて、啄木には何の選択の自由もなかった。四十二年の春は啄木の生活の外面的な条件が割合に良かった。月給はあまり豊かでなかったが、それで食べられたし、創作を書く暇も十分あった。稀な友人にも恵まれた。身体も悪くなかった。

当時の啄木にとって病気の煩《わずら》いは自分の経験していた内面的な苦痛よりはありがた

く見えた。

「一年ばかりの間、いや一ト月でも、
一週間でも、三日でもいい、
神よ、若しあるなら、あゝ、神よ、
私の願いはこれだけだ、どうか、
からだをどこか少し毀《こわ》してくれ、痛くても
かまわない、どうか病気さしてくれ！
あゝ！　どうか……」(42・4・10)

啄木はその時分一番根本的な問題にぶつかっていた。「価値！　価値！　あゝ、何が価値のある事なのか？」(42・3・9)。その危機に臨んで啄木は自分の底まで捜して、恐るべき正直さで自分のすべての考えや感情を記録した。これが彼のローマ字日記で、啄木文学の最高峰であると思う。

啄木は日記をローマ字で書いた理由を、彼自身はこう説明した。「予は妻を愛してる。愛してるからこそこの日記を読ませたくないのだ。——然しこれはうそだ！　愛してるのも事実、読ませたくないのも事実だが、この二つは必ずしも関係していない」。これは啄木のローマ字日記の特有の正直さであり、啄木がローマ字日記を書きだすときからその内容を予想していた証拠である。ローマ字日記以外の日記を読んでも、その正直さに打たれる。だが、一遍《いっぺん》日記を盗まれて読まれた経験があった啄木は、ローマ字日記が一層正直な「懺悔録」乃至「自己分析」として書かれているだけに、一般の人が読めないローマ字を使うことにした。

価値のあるものを捜したり否定したりした啄木は、女郎を買って自分の孤独を忘れようとしたが、「限りなき絶望」の淵に沈んだ。「人の居ないところへ行きたいと云ふ希望が、この頃、時々予の心をそそのかす」。人間が嫌で逃げたかった啄木は、ますます自分の中に退いていった。いろんな口実を作って社を休んだ。「今日も休む。今日は一日ペンを握っていた。『鎖門一日』を書いてやめ、『追想』を書いてやめ、『面白い男？』を書いてやめ、『少年時の追想』を書いてやめた」（42・5・4）。自分のなやみを客観化することもできず、追想その他当時の危機と直接な関係を持たないこともほとんど書けなかった。その代り、ローマ字日記に赤心《せきしん》を託した。こうしてすばらしい日記文学の傑作が生れた。

日記の中に出ている啄木は、歌や詩や他の作品に出ている啄木より複雑な立体的な人物である。それを読むと初めて、啄木の中学時代からの友人の野村胡堂《のむらこどう》の「啄木という人は……打見たところ陽気で、才気煥発で美男子で、貴族的な人だ」という意見が解る。ローマ字日記は啄木の最も暗い頃を描写するが、ユーモア乃至一種の猛烈な皮肉に富む。「予等と対《むか》ひ合つて二人のおばあさんが腰かけて居た。『僕は東京のおばあさんが嫌ひですネ』と予は言つた。『何故です?』『見ると感じが悪いんです、どうも気持ちが悪い。田舎のおばあさんの様に、おばあさんらしいところがない』。その時一人のおばあさんは、黒眼鏡の中から予を睨《にら》んで居た。あたりの人達も予の方を注意している。予は何となき愉快を覚えた」（42・4・8）

啄木の才気の一例として私はこれが一番好きである。「帰りに小便が出たくなつたが便所が無い。池田座の前に『竹内一郎一座』の幟《のぼり》が立つて居たので、一計を案じ出し、『竹内君が居るか』と云つて這入《はひ》つて行つて小便して出た」（41・4・10）

啄木が（勿論良い意味で）貴族的であったことも日記を読めば解る。些細《ささい》な事柄にも彼の態度が現われる。例えば、釧路を出発するときはこう書いた。「啄木は林中の鳥なり。風に随《したが》つて樹梢《じゆせう》に移る。予はもと一個コスモポリタンの徒、乃《すなは》ち風に乗じて天涯に去らむとす」(41・3・28)。文学を評価するときも貴族的であった。同時代の詩人のうち、啄木は北原白秋《きたはらはくしゆう》を最も高く評価したであろう。『邪宗門《じやしゆうもん》』を読んでからこう書いた。「『邪宗門』には全く新らしい二つの特徴がある。その一つは『邪宗門』と云ふ言葉の有する連想と云つたやうなもんで、も一つはこの詩集に溢れて居る新らしい感覚と情緒だ。そして、前者は詩人白秋を解するに最も必要な特色で、後者は今後の新らしい詩の基礎となるべきものだ」(42・4・6)

しかし、理論上と事実上の啄木の考え方はしばしば異なっている。口語詩はその著しい一例である。「時代の思想、感情、観念は、その時代の言語によつて表はされなければならぬのは、言ふまでもない。が、詩は、詩だけは、その性質として、一番終《しま》ひに時代の言語を採用するものぢやなからうか」(41・9・10)と書いたが、何か矛盾したところがあると思う。翌年三月の手紙にも啄木は同じく「口語詩はいゝと思ふし理論上いゝと思ふ。尤《もつと》も、今迄に出た作物《さくぶつ》の価値は別問題だ……」と書いた。とにかく、散文詩を除いて、啄木はどんなに理論上口語詩を良いと思っても、最後まで文語体の詩だけを書いた。この場合は、啄木のいわゆる「貴族的」な嗜好《しこう》が理論上の大衆性を破ったとは言えないか。

ローマ字日記のしまいに、啄木の妻や家族が北海道から東京に着いた。啄木の受難が終り（とにかく変化し）、十ヵ月ほど日記をやめた。それ以後の日記はあまり文学的な価値をもたないし、啄木の芸術の発展を直接に描写していない。それは啄木が社会主義に最も深く影響を受けた時代であったが、日記よりも評論などで自分の思想を表現した。だが、処々に啄木らしいことが載ってはゐる。「この間から妙に予の考へは行き詰つてしまつて、十日もその余も苦しんでゐたが、今日ひよいと『理性主義』といふことを考へた。さうして少し頭が軽くなつた。……『理性主義（新道徳の基礎）』かういふ本をかくことを空想した」（44・5・7）

啄木はとうとう「理性主義」の本を書かなかった。その代りに、『悲しき玩具』『呼子《よぶこ》と口笛《くちぶえ》』などの創作があったので、われわれにとって「理性主義」の欠乏はあまり惜しくはなかろう。啄木の思想は詩人として珍しいが、独創的ではない。その芸術は独創的であるばかりでなく、日本近代文学の一つの絶頂である。

日本と太宰治と『斜陽』

最近日本を訪れる外国の旅行者たちには、その見聞するところどころで、簡単に感激したり失望したりする傾向がある。感激するのは、おおむねこの国の伝統的なもの、つまり、一点の塵《ちり》もなく掃き浄められた境内に建てられた寺院、きらびやかに典雅な演劇の場景、あるいはどこの日本の家庭にも見られる懇切で魅力的な接待などによってである。事実旅行者たちは、ほとんど皆、こうした日本の一面の虜《とりこ》となるあまり、過去六、七十年の間に西欧からもたらされたものに対しては、過度に批判的になるのである。つまりは、日本の婦人たちの多くが美しいキモノを捨てて、大量生産される洋服にはしり、日本の家屋が、あまりにもしばしば、不細工な、西欧式の見よう見まねの家具で飾られた、いわゆる「洋間」のために台なしにされ、そして、街は電車の轟音と、拡声器の騒音で満されているのを見て慨嘆するのである。かかることがらに対する不満は、耽美主義的な忿懣《ふんまん》としては、まことにもっともではあるが、とかく不合理なほどの、尊大な速断を伴っている。

今日の日本は、アジアの諸国の中で、ただひとり、西欧と緊密に接触している国であって、これは単に、その産業や政治の発展においてだけでなく、文化生活の積極面においても同様である。書籍商の店は、ヨーロッパ（とくにフランス）の文学作品の翻訳書で充満しており、最新のものや、きわめて難解なものも、すべて揃えられている。街には数多くの喫茶店があって、その中には、学生たちが集まり、ベートーベンや、ブラームス、時にはドビュッシーやストラヴィンスキーのレコードに耳を傾けている。銀行でさえ、ルノワールやゴッホや、マチスの優秀な複製をカレンダーとして国中にばらまいている。西欧の近代文学や芸術に対するこの関心が、どれほどの深さのものであるか、また、農村の一農夫が、その祖父と較べて、ゲーテなり、モネーなりについて、より良き理解をもっているか否かについては疑問の余地もあろう。ただ、現実として動かし難いのは、日本中の到るところで教育の成果として、西欧文化に対する深い尊敬、そして時には、真実の愛着さえが生じているということである。

こういう感情は、これまでしばしば対象を選ばぬものとなり、はては、我々としては何としても許し難く思えるのであるが、日本の風景の美しさを損ねることともなった。しかもなお、外国の旅行者が、かくも慨嘆する変化のうち多くのものは、単に西欧に対する追随によってのみ生じたのではないのである。日本の婦人が、伝統的なキモノを捨てて、洋服を選んだのは、単純にハリウッドのスタアを模倣したわけではない。それは何枚もの下着や衣を重ねる面倒に加えて、夏には我慢ならぬほど暑く、また四季を通じて現代において適応しなければならない、職場や、バスの中などの生活には、不便この上もない着物からの解放を得んがためであったのである。またたとえ、日常着物を着ていたいと望んだところで、絹織物は高価なものであって、この伝統的な衣裳は親たちの代から遺されたものでもない限り、ほとんど手の出しかねる贅沢品となっているのである。

現代の日本の面貌《めんぼう》は、趣味と、実益と、経済上の必要に応じて、毎日変化しつつあり、その裏面では、道徳的、精神的な生活がそれよりも明白に遅い足どりで、同様の変化を遂げつつある。家族制度は崩壊しつつあり、特に大都会においてはこれは甚だしく、家族に関連した伝統的な価値はその根拠を失いつつある。例えば、つい最近までは、不幸な結婚をした女性は、家の名誉と存続のためには、夫の横暴な不実にも堪え、その他夫の気儘《きまま》な冷遇にも甘んずるべきだとされていたが、今やその代りに離婚を選ぶことが、（少くとも東京では）認められるようになった。かかる新しい考えが日本全土に広められるには、長い年月を要するであろうが、今日でさえすでに、若い人たちは、親たちの信念とする伝統的な物の観方とは異なった意見を持っているのである。

宗教に関する限りでは、日本において、印度はいうまでもなく、アメリカにおけるほどの熱情をも発見することはきわめて困難である。日本人は大部分、名目上は仏教徒であり、単に形式的には、仏教の儀式によって埋葬されるが、仏教に真の関心を示すものは比較的稀である。例えば、日本において総理大臣が、アメリカやイギリス（もちろん他のどの国でもよいが）の重要な政治家のやり方に倣って、神——キリスト教の神に限らず、何らかの神の恵みが日本国民の頭上に垂らされることを祈ったとしたら、国民はこれに驚くばかりでなく、恐らく彼を嘲笑することだろう。西欧からかくも多くのものを採り入れた日本が、キリスト教思想からはこれほど僅かしか学んでいないということは、不思議に思われることかもしれない。事実、多くの知識層の指導者たちが、「無教会主義」のプロテスタンティズムの献身的な信者であった、二十世紀初頭のキリスト教の高潮期以来、キリスト教思想への関心は衰退を見せているのである。プロテスタンティズムというこのキリスト教の一形態は、この時期の後の世代の人々にとっては、たとえ、子供の頃に聞いた聖書の物語の記憶は残っているにせよ、当面の悩みを解くには満足なものとは考えられていないのである。『斜陽《しゃよう》』にその生活を描かれた人々は、種々《しゅじゅ》な意味で例外的ではあるが、一方近代日本の典型的な人物でもある。この物語に現われる女性かず子は、キモノよりも洋服の方を習慣的に着ている女性のように思われるが、この婦人に関して、我々は、『源氏物語』をも連想するが、同様にチェーホフやバルザックをも連想するのであり、またたとえ西欧の語学には巧みではないとしても、フランス語や英語的な語句を駆使しており、彼女の言葉は何国人にも了解され得るに違いあるまいと思われる。それと同時に、周囲の人物との関係や、生活の強烈なる瞬間における素早い感情的な感応においては、彼女は疑いもなく日本人そのものである。家族間の信頼はほとんど不可能なために(耐え難い感情の力が日本的な生活の抑制に打ち克《か》つというごく稀な場合を除いては)、かず子とその母及びその弟は、ほとんど互いに明白に意志を疎通《そつう》し合うこととなく生活している。したがって、著者太宰治《だざいおさむ》は、やむなく種々な型式のフラッシュ・バックの技術（日記・手紙・遺書その他）を使って、我々の面前に立体的な人物群像を描き出しているのである。かくして太宰は、異常なまでに現実感をその登場人物に与えることに成功してはいるが、それでもなお、この日本的な世界には語られずに残さるべき多くのものが残されているのである。『斜陽』は西欧文化に負うところが大きいが、それでいて、日本人の生活の表面と内部が、非常に異なった速度で西欧化されつつある今日、且つ（西欧の読者にとっては）この変化を反映して、西欧の生活との近接と遠隔を交互に示す、この日本の文学作品が驚異であるというこの時代において、この小説はもっとも日本的なる小説なのである。

「道徳の過渡期の犠牲者」と、かず子は彼女自身と彼女の恋人を呼ぶが、これは正しいと思う。西欧の物質をもってする生活の様式はほとんど全《まっと》うされようとしているが、西欧の思想は十分に消化され切っていないのだ。『斜陽』は、この新しい思想が日本の貴族階級を崩壊せしめてゆく過程の描写において秀れた価値を持っている。この小説は一九四七年、世に出たが、たちまち、センセーションを捲き起した。この小説の所産として、衰退の途をたどる貴族階級を「斜陽族」と呼ぶ言葉が生れ、今日では一般に用いられて辞書にまで載せられるようになった。かず子とその母及び弟の直治は、貴族階級のみならず、戦争と、それにつづくインフレと農地改革によって没落した、日本の大きな階層の典型的なものである。

この小説を読むと、読者は、著者太宰治自身もまたこの中に関連している、つまり、彼は語り手であるばかりでなく登場人物の一人でもあるのだという感じを免れない。彼の生涯を一瞥《いちべつ》すると、この印象が正しいことが解る。太宰は一九〇九年、日本の北部で裕福で権勢のある家庭に生れた。彼の学業の成績は抜群であり、早くからその文学的才能に将来あることを示したが、同時に、後年その生涯に暗い影を与える、常軌を逸する習癖も表われた。二十歳に達する以前に、彼は二度も自殺を企てたのである。一九三〇年、彼は東京帝国大学の仏文科に入学した。この科を選んだ時、太宰はフランス語を知らなかった（そして、完全に学業を放擲《ほうてき》していたため、結局、ほんの僅かしか習得しなかったらしい）が、当時仏文科は多くの若い人々が志したところであった。これは、一部には、フランスの、象徴主義や、超現実主義の方が、より即物的、現実的な英文学よりは彼らの好みに合い、日本古典文学における言語学的な問題などは、さらにこれよりも彼らに好まれなかったからであり、また一部には、日本においてはパリの芸術家の幻想的な生活をめぐる伝説が一般的に信じられていたためでもある。

一九三五年、太宰は学位をとらずに大学を中退した。彼が五年間にただ一回の講義にも出席しなかったことを自慢していたことからすれば、これは何ら不思議ではない。その代りに、彼は、文学と左翼的な政治活動に没頭した。その年、彼は、遺作として発表するつもりで十四の小説を集めて封筒に入れ「晩年」と題して残し、自殺を図ったが、この頃から、彼の小説は世人の関心を惹くようになった。一方、その頃太宰はモルヒネに耽溺《たんでき》するようになり、全快するまでにはほとんど二年間、病院から退院するかと思うとまた入院するというような生活を余儀なくされた。一九三七年、またしても彼は自殺を企てたが、今度は、それまで六年間同棲していた女性との心中未遂であった。翌々年、彼は別の女性と結婚した。

太宰の放蕩無頼な生活は、悪評の的となり、はては、一部に嫌悪をさえも買った。これはアメリカとの戦争に先立つ苛酷な数年間において、特に甚だしかった。慢性的な胸部疾患のために、彼は兵役を免れた。戦争中爆撃のために、あちこちと住居を変えながら、彼は発表を続けた。

彼の最も重要な文学活動は戦後に行われた。一九四七年初、彼はその才気に溢れた短篇『ヴィヨンの妻』(これはアメリカにおいて翻訳版が出ている)を発表し、この年さらにこの『斜陽』を出した。彼の第二の長篇『人間失格』は一九四八年に世に出されたが、一部の批評家からは『斜陽』を凌ぐ作とさえ言われて喝采《かっさい》を浴びた。また彼は連載物として『グッド・バイ』という他の一篇をも書き始めていた。しかし長い間蓄積された不節制な生活の影響、オーヴァーワーク、それに不眠症のために、彼の相貌《そうぼう》は激しい消耗と疲労を見せ、友人たちの憂慮を買った。自身では酒を飲んだら治ったといっていた、戦前の結核が再び表われた。徴候はあまりにも明白であった。一九四八年六月、彼は東京の玉川上水路の満々たる水に身を投げ、遂に自殺に成功したのであった。まことに皮肉なことに、その死体は、彼の第三十九回目の誕生日、六月十九日に発見された。

太宰の生活とその作品との間の密接な関連は、彼が芸術家として当然に、その自伝的な細部を単に委《くわ》しく述べるというような狭い境地からは逸脱していたにも拘らず、多くの場合きわめて明白である。『斜陽』は、事実、彼の作品中で、より客観的なものの一つであるが、それでもなお、我々は、直治の中に、あるいは小説家上原や、直治の母の中に、さらにはまた女主人公であり、物語の大部分における語り手であるかず子の中にさえ、太宰自身の個性や経験から抽《ひ》き出された多くのものを発見するのである。自ら貴族階級に近い階級の一員であった太宰は、自分自身の階級の没落を意識的に描いたのであった。随所でわれわれは、太宰がこれらの登場人物とどの程度まで同じ感情を持っていたであろうかと考える。直治がそのために敢て生きのびていなければならない苦痛について述べるとき、我々は、あれほどしばしば自殺を考えた著者の声を耳にする思いがするのである。しかし、どれほど卓抜したものにせよ、太宰の他の作品の大部分に一般的に欠けている強さを『斜陽』に与えるものは、明らかに死よりも闘い抜くことを選ぶかず子の性格である。太宰自身は、短くしかもあまり活溌でない左翼活動への参加の後は、闘争へのすべての意欲を失った如くに思われ、彼の作品はほとんど常に、シニカルな絶望で彩られているのである。

太宰が西欧文学の影響を受けていることは疑いもない。しかし事実は彼は、非常に親しく知悉《ちしつ》していた日本文学の偉大な古典作品と、より密接に繋っている。彼のスタイルは、西欧の読者にとって、特に問題となる点はないが、ただ一つ、彼は西欧において全く新しいものではないまでも、恐らく普通には使われない文学的な手法を用いている。時折彼は、終末の、或いはクライマックスの言葉をまず会話の中に出して、それから、そこに至るまでの事情を後に戻って叙述することがある。これは彼の得意とする効果的な手法で、彼がフラッシュ・バックを好むことにもよるのである。読者の目に止る他の彼の特色は、些細な出来事（例えば蛇の卵を焼くところや、母親の手の腫《は》れのところなど）についての叙述を、もっと大きな意味を持たせて使うところである。こういう技法においては、彼が日本の詩、なかんずく短詩形の俳句に負うところがあることを示している。蓋《けだ》し、俳句においては、一語一語が全体にとって、動かすべからざる意味を持つ部分でなければならず、作者の意図は読者をして、その詩の醸成された境地を、これらのわずかな言葉から想像形成せしめるにあるからである。

太宰が日本の現代小説の代表的作家の一人であることは一般に認められていることであるが、しかも彼の短い生涯と経歴の間に、かくも大きな業績がつくられたのであった。彼は我々の眼前に、魔術的な筆致で、変化に富んだ数多くの場景——或いは都会にある古びた邸宅、或いは田舎の家、さらには東京の陋屋《ろうおく》、果ては場末の酒場という風に——を展開し、それぞれに適合した人物と雰囲気をあてはめるのである。私は、西欧の読者たちに、或る意味で太宰の作品によって現代日本の生活の正確な姿が解ると言いたい気がするのである。現代日本には他に多くの姿があって、これらがこれまでに描かれもし、また描き得るのは勿論のことではあるが、特異な世界を主題にし、その登場人物の行動が時に常軌を逸しているにも拘らず、『斜陽』は、現代日本に対するその理解の深さによって、全体としての日本人の様相を描き出しているのである。このためにこそこの小説は成功作となり、各階層の日本人に大きな感動を与えたのである。しかしながら、『斜陽』は地球の彼方の未知の国について好奇心を持つ人々のための、社会的資料であると考えられてはならない。これは、一人の非常にすぐれた日本の近代作家による、力強く美しい小説であり、そのまま世界文学の上に地位を持つ作品なのである。

解　説

三島由紀夫

キーン氏の「日本の文学」は、詩人の魂を以て書かれた日本文学入門で、学問的に精細な類書はこれ以後に出ることがあっても、これ以上に美しい本が出ることは、ちょっと考えられない。自分一人が発見した言いがたい美を、なるべく正確に、できれば自分がその発見から得た感動を少しも損わずに、そのまま読者（しかもそれについて何らの予備知識のない読者）に伝えようとすることは、告白以上の難事であるが、「日本の文学」は、その難事を成し遂げようとする情熱と緊張によって美しいばかりか、その或る部分はたしかにそれを成し遂げたことによって美しい。

キーン氏は深海に潜り、気圧の暴威に悩まされながら、ついに深海魚の幾匹かを漁《すなど》って、しかも地表へ出れば忽ち変色する筈のその鮮烈な色彩を、見事に保ってみせたのである。私はこんなに理想的な漁夫を、西洋人の間から得たことを少し残念に思う。日本の或る種の愚かな漁夫たち、古典文学に唯物弁証法を適用しようとしたりしている一部の国文学者たちは、変色した深海魚の色を本来の肌色だと、われわれに思い込ませようと骨を折っているからである。

私事に亙《わた》ることをゆるしていただくと、私は「日本の文学」の「序章」と「日本の詩」を読み進みながら、戦時中の日本で私も亦、偶然にも、「日本の文学」でキーン氏が興味の焦点としている懸詞《かけことば》の、イマジナティヴな観念聯合と、そこから生じる独特の詩について、(氏はこれをいみじくも、絃楽三重奏に譬《たと》えているが)、ひどく興味をそそられていたことを思い出した。これは従来の近代的国文学者からは閑却《かんきゃく》され軽視されてきた視点であるが、当然それが、「日本の劇」における如く、文学としての謡曲の高い評価とも結びつき、こんな思いがけない共感によって、キーン氏と私との交遊がはじまったのであった。こういうことを考えると、私もドイツの詩人のように、Begegnung という言葉の神秘を思わずにはいられない。

「日本の文学」の「序章」において、キーン氏はまず、あれほど圧倒的な中国の影響を受けながら、日本文学が保ってきた独自性を、中国語と日本語の言語構造の相違、音節や音韻上の特色から説明する。中国語の同音多義は四声で区別されるのに、多音節の日本語の同音多義は、こういう区別を持たないために、却って詩的影像の結合と積み重ねに利用され、これがそれぞれ無関係な影像を結んで詩的想像力をひろげるのと同時に、「多くの影像を一つのものに圧縮する」凝縮性をもそなえ、そこに独特な詩の世界の形成されたことが説かれている。言われてみると尤もなことながら、これは形式感覚が未曽有に衰えた近代日本人が、詩を考えるときには一等思いつかない考え方であって、キーン氏の創見を扶《たす》けたものが、韻律を第一前提とする西洋の詩の観念であるとすれば、氏の考え方はそのままはからずも、近代日本人の欠陥の批評にもなっているわけで、そこにこの本の尽きせぬ面白さがある。

定家の詩の評釈にしても、その懸詞の技巧を分析して、

「詩人の精神のうちで言葉は絶えずこういう二組の影像の間を往復し、（中略）互いに離れられなくなっている二つの同心円を、言葉の上で描くことに成功している」

と氏が言うときに、われわれはマラルメの詩論と新古今集との間に自然に懸け渡された橋を思い描く。

キーン氏の自由な目は、われわれの眠りこけた偏見に抗して、「日本の社会では、詩人が西洋の社会でよりも遥かに大きな役割を果していたかも知れない」という推測に到達するが、このとき同時に民衆と詩人との融合の特殊形態が、別の見地からはっ

きりと鳥瞰されており、氏はおのずから「雅び」の伝統に触れて、「日本の文学は本質的に貴族的なものなのである」という洞察をみちびき出し、この日本的古典主義が、独創性や個性を軽視する「本《ほん》歌《か》取《ど》り」を許容する方向に向うことを説明する。

氏はここで、日本の文学史における「民衆的なもの」の普遍的性格に触れているので、これが又、のちの近松論の基調をなすものである。すなわち、民衆詩と宮廷詩との本質的な対立のないところに、詩人および詩の社会的役割の大きさとその普遍的性格が生れ出たこと、詩学の究極的な目標が貴族的なものへ引きしぼられていたために、民衆詩人の作品に高度の悲劇的性格があらわれたこと、等々をそれが暗示するからである。

第二章の「日本の詩」で、さらに氏は、詩および詩人が、教養のありなしを問わず、あらゆる階層に浸潤したことについて、

「これは一つには、日本の詩の韻律がきわめて簡単なものだからであり、また一つには、その詩の題材になることの範囲が非常に限られているからでもある」

という興味ある着眼を示す。日本的抒情が、限定されたことによって普遍化した、

というのは、日本の芸術の方法の本質的な姿を示唆している。

しかし何と云っても、第二章、いや、「日本の文学」全篇の読みどころは、芭蕉の「雲の峰いくつ崩れて月の山」の分析や、水無瀬三吟の丁寧な解説や、芭蕉の「古池」の句の的確な分析などである。これらの部分は論理と直感とが相競って、単なる分析、単なる解説以上の、精神の潑溂《はつらつ》たる運動の軌跡をえがいているが、それというのも、翻訳の可能と不可能との堺にあるものを探究し、それを人に伝えようとする実践的行為が裏付けになっているからである。われわれは、わが古典に接するに当って、こうした実践の緊張を持たないことから、生ぬるい鑑賞に堕しがちなのだ。氏は、「俳句が有効であるためには、そういう電極に似たものが二つよって、その間に火花が散ることが要求されている」

と説くが、この二つの電極は、二つの国語であっても同じことなのである。

今は衰退した連歌が、音楽に似た効果を収める他に類例のない形式であり、「言わば、詩人の意識の多元的な流れのようなものだった」と氏が説くのを聴いても、そこには衰退した形式を嘆く感傷よりも、むしろ氏が、新らしい、まだ生れ出ない詩の未来の形式について、積極的な夢を寄せているのが感じられる。

「日本の劇」と「日本の小説」の二章は、解説的な部分が多いが、前者の人形浄瑠璃論は、のちに近松論で十分に展開され、後者では源氏物語の主題が憂愁に充ちた筆づかいで丁寧に辿られ、それが殊にワットオの絵に譬えられているのは美しい。

第五章の「欧米の影響を受けた日本の文学」へ来ると、キーン氏のもう一つの面、すなわち、快活で、いたずらで、皮肉で、多少意地悪なユーモアを含んだ、素顔のキーン氏に近い面が躍動してくる。私の神である鷗外の歴史小説をつかまえて、「現代の心理描写の方法を用いて」とか、（いやいや、鷗外は心理主義とはもっとも無縁な人間だった）、「鷗外が過去の時代に戻って行ったのは、常に現在を意識してだった」とか、（いやいや、鷗外の真の興味は、過去における現在の鮮烈な一瞬だけだった）、ずいぶん情《じょう》のない解説が見られるが、一番の読みどころは「細雪」の紹介であって、そこに読まれる皮肉で濶達なユーモアは、ほとんど小説「細雪」の小さいパロディーに近づいている。それはこの小説を限りなく敬愛する読者の口辺《こうへん》をも、思わず綻《ほころ》ばせるような精妙なユーモアであって、私は鷗外の「雁」や「澀江《しぶえ》抽斎《ちゅうさい》」の紹介をも、こうした微笑を誘うパロディーの形で読みたかった。

***

「海外の万葉集」で興味をそそられるのは、

「豊富な感情の文学と余情の文学との対立は、日本では余情の文学の勝利で終り、西洋では豊富さが勝ったが、二十世紀になってからますます余情の好さに目が覚めた。いわゆる海外日本文学ブームや日本建築ブームは、この余情精神の発見と結びつくと思う」

という明快な意見で、これを敷衍《ふえん》すれば、日本では丁度反対に、「アララギ」の万葉集の復興運動が二十世紀に入ると匆々《そうそう》はじめられ、むしろ「豊富な感情」の好さに目が覚めた、ということができると思う。

「近松とシェイクスピア」「近松と欧米の読者」の二篇は、キーン氏の多年にわたる近松研究と近松傑作集の翻訳という大事業の副産物であって、美しい創見に充ちており、さすがに「日本の文学」よりもはるかに熟した目で書かれている。ここには発見の歓喜に身をふるわせるキーン氏の代りに、すでに近松の内部に住んで、そこから悠々と外界を眺め渡している者の、生活者の落着きと知恵を得たキーン氏がいる。

殊に面白いのは、「近松とシェイクスピア」に於て、道行の重要性を指摘して、これが、かなり散漫な性格を持った凡庸な登場人物をたちまちにして悲劇の主人公に高め、

「道行がなかったら、悲劇もなかった」

と言えるほどに、その詞章の抒情的な昂揚と音楽的な洗煉によって、悲劇のカタストロフ直前に人物を俗界から浄化し、その性格の不純と撞着を醇化《じゅんか》し、真に悲劇にふさわしいものにする効用を認めていることである。ただ景容本位の装飾的なものと考えられていた道行の、こうした重要な機能を発見したのは、「日本の詩」を書いたキーン氏の詩人的洞察に依るもので、この発見を、氏は美しい表現で語る。

「道行までの徳兵衛はみじめであって、われわれの尊敬を買わないが、寂滅為楽を悟った徳兵衛は歩きながら背が高くなる」

「久米之介とお梅の二人が夜中にお梅の家を逃げる場面は、全く道化芝居のようだが、歩きながらこの二人の子供が大人になって、自分たちの短い生命の貴重さを悟る」

(傍点筆者)

しかも氏は決して巣林子《そうりんし》〔註、近松の号〕の欠点をも見のがさず、氏がたびたび引

用する「難波土産」の見事な言説にもかかわらず、巣林子が自らこの理論に背馳《はいち》して、「悲しや」「嬉しや」を濫発《らんぱつ》するのを非難している。

「近松と欧米の読者」でも、氏は自分の庭をゆっくり徜徉《しょうよう》する態度で、近松の長所短所を周到に説き明かし、なおそのだらしのない主人公が、感性の強烈さの一点だけでも、一般人に優越していることが、はからずもアリストテレスの詩学に一致していると述べている。又この一篇は、日本古典の翻訳のよろこびと苦労とを率直に語った点で、貴重な文章である。

「啄木の日記と芸術」でも、氏の目は啄木の人と作品に隈なく届き、殊にこの評判の「民衆詩人」の貴族的な好みに触れているところは、「日本の文学」の所説とも一致して、それが却ってこの一見孤立した詩人を、日本文学史の正統な流れの上に置くのである。これは「日本と太宰治と『斜陽』」に於て、あのハイカラで絶望的な小説「斜陽」を、氏が「もっとも日本的なる小説」と呼ぶのと、同じ視点である。

＊＊

本書所収の諸篇は、左記のような形で、発表あるいは出版されたものである。

日本の文学　ジョン・マレー社「東洋の知恵」叢書　昭和二十八年（原題 *Japanese Literature: An Introduction for Western Readers*, London: John Murray, 1953. 'The Wisdom of the East Series' の一冊として刊行）

＊海外の万葉集　澤瀉久孝著『万葉集注釈』巻第三附録　中央公論社　昭和三十三年十月

＊近松とシェイクスピア　初題「近松とシェクスピア」『思想の科学』中央公論社　第24号　昭和三十五年十二月

近松と欧米の読者　『文藝』河出書房新社　第1巻第8号　昭和三十七年十月

＊啄木の日記と芸術　『文藝・臨時増刊号「石川啄木読本」』河出書房　昭和三十年三月

＊日本と太宰治と『斜陽』　Osamu Dazai, *The Setting Sun*, Translator's Introduction. New York: New Directions, 1956／英訳「斜陽」の序文『文藝・臨時増刊号「太宰治読本」』河出書房　昭和三十一年十二月　所収

＊は著者自身による日本文

ドナルド・キーン氏のこと

吉田健一

キーンさんに一番初めに会ったのがいつ頃のことだったのか、余り前のことなのでもう覚えていない。併し一つだけ、これは何も歴史的な事件の年代を決めるのが目的の学術上の論文ではないが、大体いつ頃だったかを推定する手掛りになることがあって、それはそれよりももっと前に友達が英国からキーンさんの「日本文学」という本を送って寄越してくれたことがあったということである。これは名著で、万葉集から平安朝の文学、謡曲、連歌、江戸時代の文学を通って現代詩に至るまでの日本の文学というものをこれ程、生きた形で伝えたものは日本にもない（従って、そのことを認めた国文学者も日本に一人もいない）。併しそれは兎も角、この本の初版が出たのは一九五三年であるから、こっちが始めてキーンさんに会ったのは昭和二十五年以後だということになる。

国文学者のことに触れたりなどして話が辛気臭くなったが、勿論、キーンさんと実際に付き合っていて学問のことを言うようなことはしない。どうも学問の重荷にひしゃげてしまって、学者の顔しかしていられない人間というのは寂しいもので、そこを通り抜けて普通の人間でいることに不自由を感じない所まで学問を持って行くことが出来ないならば、それでも学問は有難いというのは、学校の先生で食っている人間が言うことである。キーンさんはニュー・ヨークのコロンビア大学の先生をしているが、又それで食っているには違いないにしても、学問がある人間が学校の先生をしてはならないということはない。恐らく、昔はどこの国でも、学問があるものが学校で教えるのが普通だったので、それで学生も学校の先生型、或は大学教授型という、現代を暗くしている人種の一つに接しないですんだ。幸、こっちもそんなものに悩まされずに学生時代を過して、キーンさんに会っていると、昔の大学を思い出す。

併しながら、学問をして、人が一眼見て学者であることが解るという中途半端な所までしか行けないというのは情ない話である。これは何も学問に限ったことではない。文士も、自由に文章が書けるようになれば、文士に見えなくなるし、又、自分でも文士扱いされることを望まなくなる。或はこれは、文化人扱いと言い直した方がいいだろうか。兎に角、何か一つの型が出来て、それに嵌《はま》っていなければ生きて行けないという情ない話が日本ではざらである時、キーンさんと一緒だと酒が旨くなる。キーンさんはしっかりした日本語の文章を書くが（ということは、それが国文学者よりもまだしも日本語になっているものを書く大概の日本の小説家よりも増しなものだということでもある）、それは英語では全く一流の文体を身に付けているからで、従ってキーンさんにとっては文士面をする必要がない。学問も、既に学問というような固苦しいものではない域に達しているから、学者にも見えない。

所で、これは別に、それに比べて日本の学者はとか、文士はとかいうことが言いたいのではないのである。そうなれば我々が聞き飽きたアチラ話になるが、実は日本にも学者や文士がいて、ただそれが大学教授や流行作家の中には少いというだけのことに過ぎない。第一、そんなことはどうだろうと構わないので、いればいいのである。

昨年の夏は、キーンさんに日本の知識階級を紹介することを思い立った。これも説明しなければならないことで、詳しくやっていれば長くなるが、要するに、キーンさんと同じ程度に仕事が身に付いた日本の知識人である。何でも、それまでは毎年、日本に来て京都で夏を過していたのが、京都の定宿の前を東海道の新幹線が通ることになって、その工事の為にいる場所がなくなったから、今年は東京で夏を過すのだということだった。こっちは、京都の美を捨てて東京の知を取るのも一見識であるなどと慰めはしたものの、実は東京の知に就てそれ程、自信がある訳ではなかった。

京都の美などと言っても、キーンさんが京都の先生方と相当に親しくしていることは前から聞いていた。併しこっちはそういう方面に付き合いがなくて、吉川幸次郎氏とか、田中美知太郎氏とかのものを愛読しているに過ぎないから、京都の先生方というのが具体的にどういう人達なのか解らない。一芸を身に付けるなどというのも、結局は一つの表現で、所が変れば人間の気質も違うだろうし、東京の誰に会わせれば話が合うのか、迷ったが、一つには、いい加減なのに紹介してこっちもそのお相伴をさせられるのはやり切れないと思い、験《ため》しに石川淳氏と河上徹太郎氏が銀座の松屋裏の「岡田」で飲んでいる所に引っ張って行った。そしてそれでよかったのである。一流の芸術家という奴は互に嫉妬し合ったり何かするものだそうであるが、一流の人間はそんなことはない。洋の東西もへちまもなくて、その晩からキーンさんが東京の飲み仲間の一人になった。

その後、キーンさんは久保田万太郎氏にも、井伏鱒二氏にも、又、三好達治氏にも会っている筈である。京都で親しくなった永井道雄氏が東京に移っていたのも幸だった。そしてキーンさんは石川淳氏の芝居の初演に総見の一人に加り、河上徹太郎氏の故郷の岩国に河上氏を訪ね、これは遠い国から年に一度しか来ないのであるから仕方がないことであるが、どこかで河上氏と日本文学に就て三時間、立て続けに論じ合ったこともあるそうである。東京の知に就て、こっちももう心配することはなくなった。それに、知などというのは、それだけを取って見ればつまらないもので、知を通して理解が生じれば、後は人間同士の付き合いになる。東海道の新幹線が出来るお蔭でキーンさんが東京に来て、これからは東京でも寂しい思いをしないですむことになったのならば、国鉄も意外な所で人に恩恵を施すことになったものである。やはり、ジェット機の時代でも鉄道は有難い。

それに、そのジェット機であるが、今日では交通や通信の方法が発達して世界が狭くなったことになっている。東京からロンドンまで二十四時間で行ける。それだから東京とロンドンは目と鼻の間で、と考えるから、何だか窮屈になって、それで月まで行くのが素晴しいことに思えたりして来るのに違いない。併しそれが実際にそうかどうか、自分の生活感情に即して確めて見たものがあるのだろうか。ロンドンまで四十何日か、ニュー・ヨークまで三週間掛ってやっと着くのでは、そんな場所はどこか遠くの方の果てにあって、ないも同然であり、こうして自分が現にいる土地に限られた世界ほど、狭いものはない。我々がまだ子供だった頃のことを思い出して見ても、それは明かではないだろうか。一飛びで行ける場所が殖えるに従って、世界は広くなるので、その上を更に一飛びして大きな岩の塊でしかない月に憧れるなどというのは、そういう人間の頭の構造がどうかしているのだと言う他ない。

併しキーンさんのような人に会っていると、今日の世界が更に別な意味で広くなりつつあるのだということを感じる。尤も、これも交通や通信の方法が発達したことと間接には関係があることなのだろうが、戦前の日本というものが日本以外の土地でどの程度に、或はどういう形で人々の頭にあったかを考えて見るといい。先ず、そういう一つの名前に過ぎなかったので、そこから生じる無視や誤解に取り囲まれて我々日本人は全く日本という国だけに閉じ込められて暮していたのである。外国に行った所で、その無視と誤解の中に入って行くだけのことだった。併し我々が今日キーンさんと付き合っていて、戦前のように、日本に就ての一切のことは相手に解らないのだからと思って、話すのを避ける必要がない。相手が外国人だということも別に頭に浮んで来なくて、そのことに気が付くのは、銘々の故郷の自慢話をやっている時位なものである。つまり、人間同士の付き合いなので、そして考えて見れば、キーンさんは生粋のアメリカ人である。

勿論、キーンさんのような人間がそうざらにいる訳ではない。どこの国でも、本当の知識人というのは知識階級という言葉が我々に思わせる程、群をなしているものではなくて、要するに、これは一人でもいれば、その周囲に世界が開けて行くものである。そうすると、ニュー・ヨークにキーンさんが一人いて、そこは既に我々にとって外国ではない。又キーンさんにとって日本が外国でないことは、「岡田」で一緒に飲めば解る。何れの方にとっても、外国が外国でなくなることが世界をどんなに広くするものであるかは、宇宙旅行などということを言っている間は解るものではない。この広さは、ヨーロッパには既に大分前からあって、ヨーロッパとアメリカの間にもそれが拡ろうとしている。それが、今日では日本まで、というのは、アメリカから日本へ延びつつあることをキーンさんの存在から感じる。この事実と比べれば、日米間の親善だとか、文化交流だとかいうことは、例によって全くぎこちない政治上の用語に過ぎないのである。

（昭和三十七年五月）

「西洋人読者のための」英語原書を片手に

ロバート キャンベル

元々英語で書かれたものだから先《ま》ず英語で読み通した。言いにくいことではあるが、解説を書くまで『日本の文学』を読んだことはない。英語圏で育ったわたくしにしてみれば、研究者として、この一冊は必ず読まなければならないわけではなかった。同世代の日本文学研究者で読んでいる人もいるには違いないけれど、公刊された後の数十年間に日本で積み上げられた重厚かつ詳細な研究に加えて、キーン自身が七〇年代から書き継いだ浩瀚《こうかん》な『日本文学史』が発表済みでもあったことから、『日本の文学』がそれらの陰に隠れ、目にとまることもなく、荏《じん》苒《ぜん》歳月を打ち過ごしているような次第であった。

ところが英語で原書を読み、また吉田健一による優れた日本語訳で読み返してみると、いくつかの興味深い発見があった。遅ればせながら、感銘を覚える瞬間もなかったわけではない。晩年にキーン先生の面識を得ながら、その感銘を伝え、かつ執筆の状況をたどってつぶさにお訊ねする機会を逸してしまったことを悔いる以外ないのである。

吉田は題名を訳すときに主題だけを採って、副題があることを抑えた。原書には An Introduction for Western Readers（＝「西洋人読者のための入門」）とある。日本語訳では当然対象は日本人読者が中心になることから真っ当な判断と言えよう。ところでこの Introduction にはそれなりに重要な意味が込められているらしい。英語で読んで感じるニュアンスと言えば、学究的な「入門」のそれに加えて、仲介者の気配が立ち上がってくる。お互い知らない者同士を紹介（＝introduce）する際に交わす目線や息づかいなどが感じられ、新鮮な「出会い」を予想させている。教養もあり、自国文化の高次な理解者であろうある意味選ばれた外国人読者に対して、「西洋」とはまったく異なる文学を紹介する。異質ではあるけれど、同様に理解しようとする者に深い感慨と歓びをもたらしうるものとして、著者は千年の日本の文学を丁寧に引き合わせようとしている。

日本語版の「解説」で三島由紀夫はキーンのことを「港に帰ってきた漁夫」になぞらえている。前近代日本という深い海域に潜り、「ついに深海魚の幾匹かを漁《すなど》って、しかも地表へ出れば忽ち変色する筈のその鮮烈な色彩を、見事に保ってみせた」達成を称えるのである。三島は本書の学術的な意義以上に「自分一人が発見した言いがたい美を、なるべく正確に、できれば自分がその発見から得た感動を少しも損わずに」伝えようという姿勢に賛同し、「詩人の魂を以て書かれた日本文学入門」であることに賛辞を惜しまない。三島の目には、外国の訪問客（キーンの本文では foreign visitor）と「日本文学」を引き合わせるために著者が駆動した自らの直感と、西洋文化をめぐる鮮やかな比較事象の数々が輝きを放ったに違いない。

キーンは室町期の連歌「水無瀬三吟百韻」を第二章「日本の詩」で取り上げる。百韻を巻く三人の「詩人の精神に次々に生じた影像」（＝images）を繰り出しながら、全体の調和を失わず美しい奥行きを現出させたことを「絃楽四重奏」に喩えている。優れた演奏にも似た「詩人の意識の多元的な流れのようなもの」（＝a multiple stream of poetic consciousness）に帰すところなどが三島の評価と呼応している。松尾芭蕉の俳諧で見る「電極に似た」刹那の認識から飛ぶ「火花」と、芭蕉の影響下で二十世紀初頭のイマジズム派詩人エイミー・ローウェルらが短型詩で試みた映像の切り取りとを対照させるあたりも同様である。貴族社会の栄花と衰微に想いを巡らせる紫式部とマルセル・プルーストの対比なども、西洋人読者の理解と共感をつなぎ止めるのに有効な手段であったとも言うことができる。

突飛に聞こえるけれど、読みながら、それより半世紀も前に書かれた新渡戸稲造の『武士道』（原題 *Bushido: The Soul of Japan.* 一九〇〇年米国刊）を思い出した。英語で記された薄い一冊で、他文化を読み解きその深みから著しく変色しないよう共通の真実を引き合いに、「できる限りヨーロッパの歴史と文学から並列しうる事例から要点を明らかに」する姿勢に共通するものがあるのである（『武士道』自序、筆者訳）。

英語圏における今日の研究基準から振り返ると、日本文化への理解を助けるのにあまりにもたくさんの「並列しうる事例」を引き合いに述べ尽くしている。しかし一方、当時の英語読者が日本文学へ実際にアクセスできる環境は、新渡戸が半世紀も前の明治末期にアメリカで実感した日本歴史文化への不理解とは大差ないほどであった。原書の巻末に付された参考文献一覧に目を通すと、「一般書」の筆頭にはW・G・アストンの *A History of Japanese Literature*（一八九九年刊）があり、「詩歌」ではバジル・ホール・チェンバレンの *The Classical Poetry of the Japanese*（一八八〇年刊）を挙げ、「小説その他の散文」では『土佐日記』（W・N・ポーター、一九一二年訳刊）、『徒然草』

（G・B・サンソム、一九一一年訳刊）、『源氏物語』（アーサー・ウェイリー、一九三五年訳刊）など全てがはるか戦前の訳書が並んでいる。フォービアン・バワーズの *The Japanese Theatre*（一九五二年刊）など戦後に書かれた解説書は数点しかなく、遠くにある文化的他者を紹介するのに心細い限りであったと言えよう。

ドナルド・キーン著『日本の文学』がアメリカで出版された一九五五年といえば日本の昭和三十年。三年前には連合国軍による占領が終わって日本はようやく主権を回復させ、高度経済成長期に片足を踏み入れたばかりの年に当たる。筆者がニューヨーク市で生まれる二年前のことでもあるが、同じ街で出版された一一〇ページほどの瀟洒な一冊は当時のアメリカ人の間で好奇心と少なからぬ厚意をもって迎え入れられたようである。（註）当時アメリカにおける日本観はどのようなものであったかと言えば冷戦の真っ只中でもあり、五五年体制の確立で日本は西側との協調をいっそう強固なものにしたとして熱い眼差しを注がれていた。

一方、日本が海外に向けるいわゆる文化発信も徐々に加速する時期とも重なっていた。映画では黒澤明監督「羅生門」（米国公開五一年）や衣笠貞之助監督「地獄門」（米国公開五四年、翌年アカデミー賞外国語映画賞受賞）などが先鞭を付け、舞台芸術でも大歌舞伎（一九六〇年米国初回公演）に先んじて、舞踊家吾妻徳穂率いる「アヅマカブキ」舞踊団が五四年二月に世界巡業公演をブロードウェイのセンチュリー劇場を振り出しに、同年三月にワシントンでアイゼンハワー大統領との謁見を果たし、また五五年の暮れからブロードウェイでの再演を成功させている。この時期を境にしてアメリカの市民が戦後改めて日本を「見る」機会を徐々に増やしてゆく。

文学では、五四年に大佛次郎『帰郷』の英訳をアルフレッド・クノッフ社にいた辣腕の編集者ハロルド・ストラウスが手がけたことは大きな転換であった（*Homecoming*. Brewster Horwitz 訳）。ここに昭和初年以来日本の現代小説が初めて英訳されるわけで、以降、ストラウスの指揮の下で川端康成、三島由紀夫、安部公房などきら星のごとき戦後日本の優れた小説家の作品群が英語に置き換えられ、世界へと発信されていった。一九六三年に三島由紀夫作『宴のあと』の翻訳を仕上げ『日本文学史』の執筆へと進んだキーンに代わって、三島の次作翻訳を引き受けたジョン・ネイスンは当時のことを次のように振り返っている。

一九五〇年代なかば、日本人作家の名前などだれひとりとしてアメリカ人読者に知られていなかった頃、シュトラウス《（ママ）》は三島、川端康成、谷崎潤一郎を説得して、クノッフ社との専属契約を結ばせていた。出版権を独占する代わりに、クノッフ社は作家の翻訳を三年に一度出す義務を負う、という契約内容だった。（『ニッポン放浪記』前沢浩子訳、二〇一七年）

ところで『日本の文学』と同年にキーンによるもう一冊がアメリカで出版されている。ドナルド・キーン編『日本文学アンソロジー』(*Anthology of Japanese Literature from the Earliset Era to the Mid-nineteenth Century*) である。『日本の文学』のいわば姉妹編であり、これにもまた大きな注目が集まっていた。『万葉集』にはじまり『伊勢物語』『古今和歌集』『源氏物語』『平家物語』謡曲『善知鳥』から『おくのほそ道』『曽根崎心中』『東海道中膝栗毛』『南総里見八犬伝』ほか、日本の古典作品四九点の抄訳が収められている。作品の選定と編集をキーンが担い、自身も含めた複数の翻訳者の成果を編み上げて作ったものであった。『アンソロジー』が、戦後日本のキャノン形成と古典文学研究に多大な影響を与えた岩波書店『日本古典文学大系』（一〇〇巻）の刊行開始より二年前、つまり注釈も現代語訳も揃わない時点で編集されたことを考えると、きわめて高い評価に値すると言えよう。

『アンソロジー』の書目に目を通すと、当時の日本における学界の通念が手に取るように判別できる。近世（＝江戸）期の文学に関しては、庶民精神の発露と見なされた十七世紀後半と十九世紀前半を中心に著述されたいわゆる通俗文学だけを重んじており、洒落本や黄表紙、狂歌、狂詩などその間に盛行した雅俗の融和を志向する作品が収められていない。つまり現在高い評価が与えられるそれら十八世紀の表現がすっぽり抜けているのである。『アンソロジー』に組み上げられた日本文学という足場は、あらかた先に記された『日本の文学』の姿をそのままなぞっており、キーンが戦後日本の文学史観を如何に摂取し、日本に目を向けようとしたかが分かる。言い換えれば、西洋人読者の状況と嗜好を慮りながら、自らが仲立ちとして細い尾根の上を歩むように感性も知見も塗り重ねていった模様が目に浮かんでくる。生涯を通しての、時に痛快に感じるキーンの独断ともいえる作品への好悪の言表も、そもそも右に述べたような五〇年代特有の言説空間から生まれたものであったと考えるべきかもしれない。

英語原書を読み終え吉田の日本語訳に目を転じると、驚くべき発見が待っていた。

日本語に訳す過程で、一〇箇所以上の改変が本文に施されている。紙幅の関係ですべてへの言及はできないが、改変の種別を述べると、原書の初版時に遅れること一〇年の日本語訳には、元々あって途中で削除された箇所がある。一方、日本語に訳すに当たって新たに加えられた内容と表現が数箇所存在する。前者の、いわゆる削られた部分を先に確かめてみると、訳されなかった副題と同様に、日本人読者にとって不要と思われる例示や文脈などが省かれている。

例えば、「観阿彌清次（一三三三―八四）とその子の世阿彌元清（一三六三―一四四三）」の「手で完成された能は一人の主な役者（シテ）とその相手を勤めるもの（ワキ）」で構成されていることを述べた上で、アーサー・ウェイリーが五三年に刊行した *The Nō Plays of Japan* の中でユーモアたっぷりに仕立て上げたウェブスター作『マルフィ公爵夫人』（一六一四年頃初演）の粗筋を能に重ねたパロディを長々と引用している。ローマからやってきたお遍路さん（＝ワキ）がロレットの霊場を過ぎり、かつてここに駆け込んだというマルフィ公爵夫人のことを土地の若い女（＝シテ）に尋ねるが、未熟のアンズを手にしたその女こそ夫人の亡霊であることが明るみに出ると……という具合に、『マルフィ公爵夫人』という古典の復讐悲劇をよく知る者には笑いと共に一種の了解を獲得させるのかもしれない。しかし逆に言えば、それは能のことをまったく知らないことを前提とした「紹介」である。

「序章」では、過去七〇年間に日本の文学者がヨーロッパの傾向をいかに深く受け止め、モダニズム運動の一角を占めるようになった状況を述べるために、エズラ・パウンドとの交遊に触れながら、前衛詩人北園克衛の『白のアルバム』（一九二八年）から「記号説」を引用している。「温室の少年／遠い月／白い花／白い」などイメージを畳みかける複層的な現代詩の英訳を挿入したが、日本語版ではなくなっている。削除された箇所に続く文章では「詩が最も欧米の文学の影響を受けていないとも見られる」とあり、そのことから、著者が後に北園の詩の引用自体を不要と再考した可能性があろう。

英語版に置いていかれた重要なくだりは第五章「欧米の影響を受けた日本の文学」にもあった。島崎藤村に「他の明治時代の小説家たちよりも優れていたのではないか」と高い評価を与え、代表作『破戒』が社会問題と直面しているところから西洋人読者に奨めたいという姿勢を示している。しかし英語版では、その主張を一段と強く訴える。具体的には、『破戒』の主人公丑松が被差別部落出身であるゆえの懊悩と、その事実を打ち明ける経緯を述べ、社会からの排除を怖れ生きざるを得ない知識人の苦慮とその超克に約二ページを割いている。この部分を日本語訳から切り落としている。その理由について安易に推測すべきではない。しかし人物が一人で懊悩を抱え、秘めたアイデンティティを露見させる過程を通して、英語読者に日本人の心性へ一歩近づける道筋を見出したということだけは間違いないように思う。

他に、元々英語版にはなく、邦訳に当たって加筆したと思われる箇所として、森鷗外や太宰治などへの言及がある。英語版の第五章で夏目漱石のことを紹介するが、先に述べたようにその上で藤村のことを詳述する。日本語版をひもとくと森鷗外をめぐる長いくだりが挿入されている。漱石同様、「日本ではすでに定評があっても、欧米で多くの読者の興味を惹くとは思えない」という、手厳しい評価を下す一方で、「常に現在を意識して」いた鷗外の文体への刷新を是とする姿勢が新たに打ち出されている。同じように戦後の日本社会を活写する作家として、元々林芙美子が登場するのだが、林に加えて日本語版では太宰治の名を挙げている。

『日本の文学』には英語の視点と声と、数年後に注意深く添削されたテキストとして提示された、日本語による「紹介者」という別種の表情を見せている。その揺れをひっくるめて、どちらも言葉と文化を往き来することに踏み出す人々への扉として、今日においてなお読むに値する一級の証言になっている。

（日本文学研究者・国文学研究資料館館長）

註＝一九五二年執筆（著者「緒言」による）。初版は一九五三年、ロンドンJohn Murray。一九五五年にニューヨーク市New Grove Pressから再刊。日本語訳は一九六三年刊行。

ラ 行

ナ　行

ハ　行

マ　行

ヤ　行

サ 行

タ 行

索　引

ア　行

カ　行

『日本の文学』　一九六三年二月　筑摩書房刊

改版に際して、『ドナルド・キーン著作集　第一巻　日本の文学』（二〇一一年十二月、新潮社刊）を底本としました。

中公文庫

日本《にほん》の文学《ぶんがく》

1979年11月10日　初版発行
2020年2月25日　改版発行

著　者　ドナルド・キーン
訳　者　吉《よし》 田《だ》 健《けん》 一《いち》
発行者　松 田 陽 三
発行所　中央公論新社
〒100-8152　東京都千代田区大手町1-7-1
電話　販売 03-5299-1730　編集 03-5299-1890
URL http://www.chuko.co.jp/

DTP　平面惑星
印　刷　三晃印刷
製　本　小泉製本

Published by CHUOKORON-SHINSHA, INC.
Printed in Japan　ISBN978-4-12-206845-2 C1195

中公文庫既刊より

各書目の下段の数字はＩＳＢＮコードです。978－4－12が省略してあります。

キ-3-1
日本との出会い
ドナルド・キーン
篠田一士 訳
ラフカディオ・ハーン以来最大の日本文学者といわれる著者が、日本文壇の巨匠たちとの心温まる交遊を通じて描く稀有の自叙伝。〈解説〉吉田健一
200224-1

キ-3-10
日本人の美意識
ドナルド・キーン
金関寿夫 訳
芭蕉の句「枯枝に烏」の烏は単数か複数か、その曖昧性に潜む日本の美学。ユニークな一休の肖像画、日清戦争の文化的影響など、独創的な日本論。
203400-6

キ-3-11
日本語の美
ドナルド・キーン
愛してやまない〝第二の祖国〟日本。その特質を内と外から独自の視点で捉え、卓抜な日本語とユーモアで綴る味わい深い日本文化論。〈解説〉大岡　信
203572-0

キ-3-13
私の大事な場所
ドナルド・キーン
はじめて日本を訪れたときから六〇年。ヨーロッパに憧れていたニューヨークの少年にとって、いつしか日本は第二の故郷となった。自伝的エッセイ集。
205353-3

キ-3-33
ドナルド・キーン自伝 増補新版
ドナルド・キーン
角地幸男 訳
日本文学を世界に紹介してきた著者。ブルックリンの少年時代から、日本国籍取得まで、三島由紀夫ら作家たちとの交遊など、秘話満載で綴った決定版自叙伝。
206730-1

し-6-42
世界のなかの日本 十六世紀まで遡って見る
司馬遼太郎
ドナルド・キーン
近松や勝海舟、夏目漱石たち江戸・明治人のことばと文学、モラルと思想、世界との関りから日本人の特質を説き、世界の一員としての日本を考えてゆく。
202510-3

し-6-46
日本人と日本文化〈対談〉
司馬遼太郎
ドナルド・キーン
日本文化の誕生から日本人のモラルや美意識にいたる〈双方の体温で感じとった日本文化〉を縦横に語りあいながら、世界的視野で日本人の姿を見定める。
202664-3